OETINGER TASCHENBUCH

Dagmar H. Mueller lernte mit knapp vier Jahren schwimmen und verbrachte einen Teil ihrer Schulzeit im Internat. Sie studierte Germanistik und Sportwissenschaften in Hamburg und fuhr jahrelang zum Surfen an den Atlantik. Heute lebt sie sehr glücklich mit ihrer Familie auf der größten Insel Europas und schreibt dort inmitten von Wiesen und Wasser Bücher für Kinder und Jugendliche, von denen bereits viele in andere Sprachen übersetzt wurden.

Dagmar H. Mueller

Das Meermädchen Internat

Der Freundinnen-Schwur

Mit Illustrationen von
Franziska Harvey

Oetinger Taschenbuch

Außerdem bei Oetinger Taschenbuch erschienen:

Das Meermädchen-Internat –
Willkommen auf Korallenkrone! (Band 1)

MIX
Papier aus verantwortungsvollen Quellen
FSC® C014496

Das für dieses Buch verwendete FSC®-zertifizierte Papier Danube liefert Salzer Papier, St. Pölten, Austria. Der FSC® ist eine nicht staatliche, gemeinnützige Organisation, die sich für eine ökologische und sozialverantwortliche Nutzung unserer Wälder einsetzt.

1. Auflage 2017
Oetinger Taschenbuch in der Verlag Friedrich Oetinger GmbH,
Poppenbütteler Chaussee 53, 22397 Hamburg
März 2017

Umschlag- und Innenillustrationen: Franziska Harvey
Druck: GGP Media GmbH,
Karl-Marx-Straße 24, 07381 Pößneck, Deutschland
ISBN 978-3-8415-0431-9

www.oetinger-taschenbuch.de

inhalt

Erster Schultag in Korallenkrone

„Wasser ist der Ursprung allen Lebens!“ Miss Petula hebt und senkt den Zeigestock, den sie in der Hand hält, mit dramatischer Geste.

An der blank geschliffenen Korallenwand uns gegenüber hängt eine große Karte, auf der die unterschiedlichen Entwicklungsstufen aller Lebewesen im Laufe der Jahrmillionen aufgezeichnet sind.

„Alles, was lebt, hat seine Wurzeln im Wasser.“ Miss Petula klingt forsch und sehr zufrieden.

Ich gähne mal unauffällig. Das sind doch alles alte Heringe! Weiß ja wohl jedes Baby, dass alles Leben im Meer begonnen hat!

Miss Petula wirft mir einen missbilligenden Blick zu. Meine Meerwelt! Die wird meinen kleinen Schnarcher doch hoffentlich nicht persönlich nehmen?

Seit knapp vierundzwanzig Stunden bin ich jetzt in diesem fischstinkig feinen Internat Korallenkrone, der teuersten Schule der Unterwasserwelt. Viel kann ich also noch nicht sagen; aber, was ich sagen kann, ist: Ich habe überlebt!

Ist doch schon was!

Denn – stinkendes Seegras! – diese Schule ist nicht nur die teuerste Schule, sie ist garantiert auch die strengste Schule der Meerwelt. Mindestens eine Million Regeln haben die hier. Und wehe, man paddelt auch nur ein klitzekleines Stückchen über diese Regeln hinaus!

Doch ich finde, Regeln sind dazu gemacht, um sie geschickt zu umschwimmen! Und da Tay und ich beide gute Schwimmer sind, werden wir auch genau das tun!

Tay schaukelt direkt vor mir gelangweilt auf ihrer Sitzmuschel herum. Ihre braunen kurzen Locken wippen dabei lustig auf und ab. Tay ist ebenfalls neu hier. Wir haben uns auf dem Hinweg im Strom bei einem richtigen Abenteuer kennengelernt. Und sie hat genauso wenig Lust hier zu sein wie ich. Ich glaube, das nennt man den Beginn einer wunderbaren Freundschaft!

Genau in diesem Moment grinst sie verschwörerisch zu mir nach hinten. Dann zieht sie eine Grimasse und hält sich die Nase zu. Unser Club-Geheimzeichen, hihihi!

Ich mache fröhlich eine ebenso fischstinkige Grimasse zurück.

Als Tay und ich feststellten, dass wir beide nach Korallenkrone unterwegs waren, haben wir spontan den Club der Anti-Schimmel-Mädchen gegründet. Denn glimmerig-schimmelig sind die doch fast alle auf Korallenkrone mit ihrem Kettchenfummel hier und Schwanzflossenringen da, jeder Menge aufgerüschter Schuppen, Glitzerhaarfrisuren und weiß ich was! Da wird es höchste Zeit, dass jemand diesen Fischladen mal ein wenig aufmischt! Und diese beiden Jemande werden Tay und ich sein. Ha!

Ich lächele zufrieden vor mich hin.

„ALANI?“

Noch ganz in meine Gedanken vertieft schaue ich hoch. „Äh, ja?“

„Alani, wo bist du gerade?“ Miss Petula hat sich vor mir aufgebaut und schaut mir tief in die Augen. Ihre hellgrau glänzende Schwanzflosse schlägt unten am Boden angespannt hin und her.

Ich gucke verwirrt die leuchtenden Korallenwände um mich herum an. Wo ich bin? Ist das ein Witz? Was soll denn diese dorschdusselige Frage?

Doch ich will mit dieser Meerfrau lieber keinen Streit anfangen. Also gebe ich sicherheitshalber die vernünftigste Antwort, die mir einfällt.

„Im Klassenzimmer für Wasserkunde?“

Miss Petula nickt, sieht aber noch nicht viel zufriedener aus. „Sehr richtig. Ich bin froh, dass dir das klar ist. Und was machen wir hier?“

„Äh, Unterricht?“

„Noch mal richtig.“ Miss Petula verzieht keine Miene.

Dafür fangen ein paar der glitzerigen Meerkatzen hinter mir an zu kichern.

„Ruhe!“ Miss Petulas Zeigestock knallt gegen mein Pult, ihre Augen blicken streng über die Meermädchenklasse.

Ups, war das laut! Miss Petula guckt wieder zu mir runter. „Und was machen Schüler im Unterricht?“

Tja. Das ist nun ganz bestimmt eine Fangfrage. Ich wette, ich hätte einen Eintrag im Klassenbuch, bevor ich auch nur die Wörter TRÄUMEN, TREIBEN LASSEN oder SCHNARCHEN ganz aussprechen könnte.

Miss Petula funkelt mich warnend an.

„Äh … zuhören?“

„Genau.“ Sie zuckt mit ihren Brauen. „Wie schön, dass wir auch da einer Meinung sind!“

Mit einer kräftigen Flossenbewegung schwimmt sie endlich zurück zum Pult und macht mit dem

Unterricht weiter, als hätte sie ihn nie unterbrochen.

Ich atme leise aus. Knalliger Kugelfisch! Was tut die wohl, wenn irgendjemand mal was wirklich Freches macht?

Ein paar Minuten lang gebe ich mich der lustigen Vorstellung hin, was man hier in Korallenkrone alles anstellen könnte. Und – oh – mir fallen so viele sandige Sachen ein, dass ich am liebsten sofort mit Tay Pläne schmieden würde. Ich schätze, Tay wird ebenso gut im Streichespielen sein, wie Petin das in meiner alten Schule immer war. Petin, mein liebster und bester Freund der gesamten Meerwelt!

Leider musste Petin bei uns zu Hause in den weitesten Weiten der Weite bleiben. Obwohl er natürlich genauso wenig in ein Internat gewollt hätte wie ich. Aber ich hatte, im Gegensatz zu ihm, ja keine Wahl …

Noch immer fühlt sich alles wie ein schlechter Traum an. Nur – der Traum hört nicht auf. Ich bin in Korallenkrone. Bloß weil eines Tages ein schwarz glänzender Stadtmeermann – ein Feuerschwanz, wie Pap sagen würde – an unsere Tür geklopft hat und …

„ALANI!"

Uiii! Die Stimme von Miss Petula klingt gefährlich scharf. Ich sollte wohl vorsichtshalber ein wenig aufmerksamer aussehen.

Eine Weile höre ich Miss Petula vorne brav zu. Und eigentlich finde ich ihren Unterricht gar nicht soo schlecht. Ab und zu erzählt sie sogar mal was Neues. Jedenfalls ist Wasserkunde nicht so langweilig wie vieles andere hier. Wie die Reitstunden heute Morgen, zum Beispiel. Na ja, wenn man das Schaukeln und Weitgehopse auf Seepferden überhaupt Reitstunden nennen kann!

Reiten sollte doch schnell und wild und atemberaubend sein! Ich meine, welches klar denkende Meermädchen möchte schon freiwillig seine Zeit mit hoppeligen Seepferdchen vertrödeln, wenn es stattdessen auch auf Delfinen durchs weite Meer preschen könnte? Aber hier in diesem Internat scheint überhaupt gar nichts wild zu sein.

Außer meiner Laune, seufz. Denn die wird bald so wild vor Wut auf diese fischstinkreichen Meerkatzen sein, dass ich irgendwann einer von den eingebildeten Glitzerkühen hier in ihren Glimmer-Schimmer-Fischschwanz beißen werde! Am liebsten der aufgetakelten Seenudel Maris Meerstern direkt vor mir.

Hält die sich eigentlich für was Besseres, bloß weil sie einen Popstar-Vater hat? Mono Meerstern! Als ob man von dem schon viel gehört hätte! Aber schweben tut diese Maris durchs Wasser, als ob sie selbst auf einer Bühne stünde.

Heute Morgen im Sattel ihres Seepferdchens hat sie genauso ausgesehen, als ob sie vor ihrem Schminktisch hocken würde. Praktisch die gleiche Sitzposition.

Sogar Miss Petula, die nicht nur Wasserkunde, sondern auch Reiten unterrichtet, hat versucht, Maris klarzumachen, dass es einen gewissen Unterschied gibt zwischen der korrekten Sitzhaltung auf Reittieren und dem morgendlichen Abhängen vor dem Schminkspiegel. Hahaha! Das beleidigte Gesicht von Maris war einfach zu sandig!

Tay und ich haben uns bei diesen Baby-Reitübungen nur ab und zu ein paar Grimassen zugeworfen und ansonsten die Schulstunde genutzt, um etwas Schlaf nachzuholen. (Wie grässlich früh man hier geweckt wird!) Das hat Miss Petula ohne Zweifel gesehen.

Aber was hätte sie sagen können? Unsere zwei Seepferde hatten Tay und ich sogar gemütlich schnarchend unter Kontrolle. Wer mit Delfinen im weiten Meer aufgewachsen ist, für den ist das Reiten eines Sofakissens nicht unbedingt eine große Herausforderung!

„Für die Landmenschen …“, beendet Miss Petula jetzt ihren Unterricht für heute, „… ist das Meer das letzte unbekannte Gebiet der Erde. Bitte überlegt euch bis morgen, warum das so sein könnte! Was hält die Landmenschen davon ab, auch das gesamte Meer zu erforschen? Wovor haben sie Angst? Welche Hindernisse halten sie von der wirklichen Erschließung der tiefen Meere fern?“

Tay und ich gucken uns an. Hm, durchaus interessante Fragen! Also, wie gesagt, so langweilig scheinen Miss Petulas Stunden nicht zu sein.

Mal sehen, was der restliche Tag noch bringt!

menschen und ... eltern

„Wenn die Landmenschen zu uns herunterkämen, könnten wir vielleicht all die schrecklichen Missverständnisse aus dem Weg räumen und wieder alle zusammenleben. Wie vor Hunderten von Jahren. Wäre das nicht voll sandig?“

Ein Meermädchen, das vor mir in der Schlange im Esssaal wartet und auch in meiner Klasse ist, guckt ihre Freundin strahlend an.

„Sandig?“, erwidert die Freundin ungerührt. „Find ich gaaaar nicht! Landmenschen können doch nicht mal unter Wasser atmen. Wie sollen sie dann hier leben? Die sind doch komplett nutzlos unter Wasser.“

Diese Tatsache scheint das andere Meermädchen allerdings nicht im Geringsten zu erschüttern. „Aber wenn wir wieder miteinander reden würden, könnten wir Meermenschen auch an Land leben! An Land! Stell dir das doch nur mal vor, Vialla!“ Ihre hellblauen Augen leuchten.

„Schsch, Suschkia!“ Vialla guckt sich erschro-

cken um. „Ehrlich, Susch! Wenn dich jemand hört, könnte er denken, du würdest lieber auf dem Land als im Wasser sein!“

„Hm …“ Suschkia kaut auf ihrer Unterlippe herum, zwirbelt ein paar gelb-orangefarbene, mit bunten Perlen verknotete Haarsträhnen um ihre Finger und sieht mehr als schuldbewusst aus.

Vialla wird doch wohl nicht mitten ins Schwarze getroffen haben?

Ich muss ein bisschen grinsen. Meine Meerwelt! Was stellt sich diese alberne Glitzerkatze denn vor? Dass es an Land gebratene Heringe von diesem Himmel, den es da wohl gibt, regnet?

Was für ein Quallenquark! Dass es dort oben kaum vernünftige Nahrung und auch ansonsten nichts zu tun gibt, womit man sein Leben verbringen möchte, das haben wir ja wohl schon in der Grundschule gelernt! Was diese Glimmer-Schimmer-Schimmel-Meerkätzchen bloß in ihren nicht vorhandenen Hirnen haben! Nichts als Perlmutt-Schutt!

Kopfschüttelnd wende ich mich der Essenstheke zu. Tay und ich sind die Nächsten in der Reihe. „Algencremesuppe mit Lachseinlage oder Tintenfischgulasch auf Muschelmousse?“ Die Meerdame hinter der dunkelblau schimmernden Felstheke ist so breit wie hoch. Sie hat lachende Augen, glänzende lilafarbene Schuppen und volle Lippen. Ungeduldig tippt sie mit dem Kochlöffel auf der mit Perlmuttplättchen verzierten Theke herum.

Ich versuche, einen Blick auf das Gulasch zu erhaschen. Ich mag Gulasch, bin aber kein großer Fan von Muscheln. Schätze, ich habe einfach in meinem Leben schon zu viele von ihnen gegessen.

„Na? Die Mittagspause dauert nicht ewig, junge Meerdame!" Die Küchenmeerfrau versucht, mich unauffällig daran zu erinnern, dass hinter mir noch ein paar Dutzend andere Meermädchen hungrig warten.

„Ich nehme die Suppe mit Lachs", höre ich Tays glockenhelle Stimme neben mir.

„Na gut, dann nehme ich die auch", entschließe ich mich.

Die Algensuppe ist köstlich, wie fast alles hier in Korallenkrone. Zumindest was das Essen angeht, scheint die Schule ihr Geld wert zu sein!

Nicht, dass meine Eltern so viel Geld hätten, um eine Schule wie Korallenkrone zu bezahlen! Pap verdient mit seiner Delfinschule gerade genug für uns zum Leben.

Ach! Knotiger Haiknochen! Ich brauche nur an Pap und an mein Zuhause zu denken, da schießt mir eine dunkle Welle Schmerz in den Magen und droht mich glatt wegzuschwappen.

„Hey, Lani, alles klar?" Tay paddelt besorgt näher an mich heran und sieht mir prüfend in die Augen.

„Laternenfischklar! Klarer als Tintenfischbrühe!" Ich versuche ein schiefes Grinsen.

„Ehrlich? Du hast wieder diesen besorgten Blick."

Tay dirigiert mich zu zwei freien Plätzen und drückt mich sanft nach unten auf die Muschelhocker. Sie streicht die Algendecke glatt und stellt ihren Teller ab. „Los, iss was! Sonst kippst du noch mal aus den Schuppen wie gestern."

Ich rolle mit den Augen. Daran möchte ich eigentlich nicht erinnert werden. „Ja, Mami."

Tay ignoriert meinen Spruch. „Du grübelst wegen der Sache mit deinen Eltern und diesem Feuerschwanz, oder?"

Volltreffer. Ich kann einfach nicht begreifen, dass Pap das die ganze Zeit wusste! Dass er mir die ganze Zeit nichts gesagt hat! Dass einfach irgendwann irgendein schwarzer Mann aus der Stadt kommen kann, der sich Rechtsanwalt nennt, und SCHWUPP! bestimmen kann, dass ich von jetzt an woanders wohnen und zur Schule gehen soll. In Korallenkrone nämlich.

Ich meine, Mam und Pap hätten diese Schule

NIE für mich ausgesucht. Sie hätten mich sowieso überhaupt nie in ein Internat geschickt, egal in welches. Aber Tatsache ist natürlich auch, dass Mam und Pap ja überhaupt nicht meine richtigen …

„Alani!"

Tays sowieso schon glockenhell klingende Stimme wird noch etliche Spuren sanfter und wieder kann ich nicht anders, als mich darüber zu wundern, dass ein so ungeheuer unerschrockenes und knallhartes Meermädchen wie Tay eine so melodische Stimme hat.

„Lani, hör auf, dir deine Haare fischgrün zu denken!" Tay klingt eindringlich. „Du wirst schon noch rausfinden, wer deine wirklichen Eltern sind."

Ich sehe sie traurig an und nicke. Ja.

Werde ich das? Werde ich das wirklich?

Es ist doch komisch. Ich meine, manchmal kommen einem ja ziemlich verrückte Gedanken. Ich meine, solche Gedanken, dass deine Eltern gar nicht deine wirklichen Eltern sind oder so. Dass man vielleicht bei der Geburt aus Versehen vertauscht worden ist. Dass man in Wirklichkeit die

Tochter eines Königs ist, der einen plötzlich mit Perlen überhäuft und einem all die Renndelfine kauft, die man sich so sehnsüchtig gewünscht hat, oder all so ein gequirlter Quallenquark!

Aber so blöde und unglaubwürdig wie ein langweiliges Märchen oder ein mittelschlechter Muschelmonitor-Film ist das Leben natürlich nicht.

Tja. Denkt man zumindest.

Aber manchmal denkt man da leider falsch.

Denn es gibt Momente, da kracht einem die Wahrheit so plötzlich und unerwartet ins Leben, dass man nur noch ohnmächtig werden kann. Und das wurde ich. Im Büro von Miss Manatis, der Internatsdirektorin. Etwa eine Sekunde, nachdem sie mir ebendiese Wahrheit gesagt hatte …

Als ich die Augen wieder aufschlug, hingen Miss Manatis und ungefähr ein Dutzend glitzeriger Fischmädchen mit ihren Köpfen direkt über mir und starrten neugierig in mein Gesicht. Am liebsten hätte ich die Augen sofort wieder zugemacht. Aber das hätte natürlich auch nicht viel geholfen.

„Ranziger Rattenfisch, Alani! Jetzt schieb dir endlich was in die Backen!“ Tays helle Stimme klingt inzwischen ziemlich rotzig.

Wer Tay nicht kennt, würde sie möglicherweise für unfreundlich halten. Aber Tay ist hier in dieser

Schule natürlich nur unfreundlich, weil sie genauso unglücklich ist wie ich.

Tay ist nämlich mit ihren zwölf Jahren bereits eine richtig berühmte Delfinpolo-Spielerin. Sie hat es geschafft, in die West-Atlantik-Auswahl der U-15, also der unter Fünfzehnjährigen, aufgenommen zu werden.

West-Atlantik, was für ein Riesengebiet das ist! Und dann zu den besten zwanzig Spielern gewählt zu werden! Dazu gehört schon was! Das muss man sich mal vorstellen!

Doch in Korallenkrone wird gar kein Delfinpolo gespielt. Überhaupt nicht. Hier gibt es noch nicht mal Delfine. Nur hoppelige Seepferde. Anscheinend denken die hier, dass das Reiten auf Delfinen nicht meermädchenmäßig genug ist.

Was für ein Quallenquark!

Das bedeutet leider, dass Tay keine Chance hat zu trainieren. Und wenn sie nie mehr trainiert, wird sie irgendwann auch nicht mehr gut genug für die West-Atlantik-Auswahl sein, das ist ja klar. Wie gemein und herzlos von ihren Eltern, sie also genau hierher zu schicken! Kein Wunder, dass Tay auf sie nicht gut zu sprechen ist.

Oh, ich kann verstehen, dass ihr Meerherz am Delfinpolo hängt! In einer richtigen Mannschaft zu spielen, davon haben Petin und ich unser Leben lang geträumt. Doch mehr als träumen konnten wir nicht. Auch wenn wir vielleicht sogar genauso gute Reiter sind wie Tay. Aber in den weitesten Weiten der Weite, wo Petin und ich leben – äh, wo ich lebte –, da gibt es solch seegrasigen Schnickschnack wie Poloclubs natürlich nicht. Da tun die Meermenschen einfach das, was zum Leben notwendig ist.

So denkt jedenfalls mein Pap. Und so bin ich aufgewachsen. Nur … dass mein Pap anscheinend gar nicht mein Pap ist. Und Mam nicht meine Mam ist. Und …

„Lani, verdammte Gammelmakrele! Hör jetzt endlich auf, dir dein Herz selbst zu zerfetzen!“ Jetzt klingt Tay wirklich besorgt. „Ich bin sicher, deine Eltern haben …“

„Meine Eltern sind nicht meine Eltern. Das weißt du doch inzwischen.“

„Na schön, dann sind sie eben nicht deine *richtigen* Eltern, aber deine Eltern bleiben sie trotzdem.“

„Hm.“ Ich stochere unschlüssig in der Algensuppe rum.

Ich weiß, dass Tay recht hat. Aber weh tut es trotzdem.

Warum haben Mam und Pap mir das nie vorher gesagt? Warum musste ich von einer fremden Meerfrau, von Miss Manatis nämlich, erfahren, was Mam und Pap mir schon ganz früh hätten sagen müssen? Dass ich eben nur ihr Pflegekind bin. Und dass sie noch nicht mal das Sorgerecht für mich haben. Dass das jemand anderes hat. Dass also jemand anderes über mein Leben bestimmen kann, solange ich noch nicht volljährig bin. Jemand, den weder Mam noch Pap und am allerwenigsten ICH kenne!

Oder kennen Mam und Pap diesen Jemand vielleicht doch und sagen es mir nur nicht?

Ach, das ist alles so verwirrend. Und es scheint so überhaupt keinen Sinn zu machen! Ich meine, wo ist überhaupt das Problem? WARUM, warum, warum machen sie um alles so ein schreckliches Geheimnis?

Das, was ich bis jetzt weiß, ist wenig. Sehr wenig. Ich weiß, dass der Feuerschwanz, der eines Abends an unsere Tür klopfte und mit Pap sprechen wollte, ein Rechtsanwalt ist, der von jemandem beauftragt wurde, Angelegenheiten zu regeln. Mich nach Korallenkrone zu schicken, zum Beispiel.

Dieser Jemand, der hinter Joruna Nort, dem feuerschwanzigen Rechtsanwalt steht, hat offensichtlich das Sorgerecht für mich. Aber wie Miss Manatis, unsere Direktorin, sagte, WER das ist, das steht weder in ihren Unterlagen über mich, noch hat Pap es mir am Muschelfon verraten.

Alles, was er dazu gesagt hat, war: „Es ist nicht wichtig für dich, das zu wissen, Alani!"

Nicht wichtig? NICHT WICHTIG?

Wie kann es nicht wichtig für mich sein zu wissen, zu wem ich gehöre!

„Du gehörst zu uns, mein Muschelkind!", hat Pap da geantwortet, als ich ihm das empört und verletzt in den Hörer meines Muschelfons gebrüllt habe. „Du hast immer zu uns gehört und du wirst immer zu uns gehören. Und das wird kein Mensch auf der ganzen Welt ändern können. NIEMALS! Hörst du, Alani? Du bist und bleibst unsere Tochter!"

Das war dann die Stelle, an der ich angefangen habe zu weinen. Ich wusste einfach nicht mehr, was ich sagen sollte.

Wie gern hätte ich mich in dem Moment einfach in Paps Arme geschmiegt und mich von ihm durchs Wasser schaukeln lassen, so wie er das früher oft gemacht hat, als ich noch klein war. Aber Pap war viele, viele Hundert Meilen entfernt in den weitesten Weiten der Weite. Und ich … war hier in Korallenkrone.

„Warum, Pap, warum habt ihr mir nie was gesagt? Warum habt ihr mir nie gesagt, dass ihr nicht meine richtigen Eltern seid?“

Paps Stimme klang leise. Es war klar, dass er jeder Antwort am liebsten aus dem Weg gegangen wäre. „Weil … weil es im Endeffekt sowieso nichts geändert hätte, das weißt du doch. Wir lieben dich. Nicht nur *wie* unsere Tochter, sondern *als* unsere Tochter. Es hätte keinen Unterschied gemacht, ob du das nun schon früher gewusst hättest oder nicht.“

Keinen Unterschied? Wie kann er so was sagen!

Ich hätte zumindest nicht gleich zur Begrüßung in meiner neuen Schule vor Schreck in Ohnmacht fallen müssen. Wie peinlich war *das* denn!

„Und, Alani“, redete Pap vorsichtig weiter, „erwarte bitte nicht, jemals deine richtigen Eltern zu treffen. Du wirst sie nicht finden, glaub mir.“

„Warum nicht?“

„Weil …“ Ich merkte, wie schwer es ihm fiel, dies zu sagen. „Weil sie tot sind, mein Muschelkind, es tut mir schrecklich leid. Sie sind bei einer Explosion ums Leben gekommen. Sie schwammen nur ein paar Meter unter diesem riesigen Landmenschen-Schiff, als der Motor explodierte. Es war ein Unfall. Ein tragischer Unfall. Deine Eltern … sie hatten keine Chance.“

eine viel zu helle höhle

Es ist merkwürdig, wenn man so etwas hört. Dass Meermenschen bei einer Explosion ums Leben gekommen sind, meine ich. Und dann auch noch die eigenen Eltern!

Wie Pap sagte, passierte der schreckliche Unfall bereits kurz nach meiner Geburt. Das war anscheinend auch der Grund, weshalb ich zu Mam und Pap, also zu meinen Pflegeeltern, gebracht worden bin.

„Aber, wenn es nicht dein Vater oder deine Mutter sein können, für die dieser Feuerschwanz, dieser – wie heißt er noch?“, fragt Tay, als wir auf dem Weg zur nächsten Unterrichtsstunde sind. „Horna? Jorna?“ Tay guckt mich fragend an.

„Joruna Nort.“

„Genau, Joruna Nort.“ Tay nickt. „Wenn es also nicht deine richtigen Eltern sind, für die dieser Typ arbeitet, wer, bitte, ist dann Mr. Unbekannt, der hinter diesem Joruna Nort steht?“

Ja, ganz genau das würde ich auch gerne wissen! Wer ist dieser Mr. Unbekannt?

Und – dreimal gebrochener Haiknochen! – so wahr ich Alani Baltico heiße – oder meinetwegen Alani Andros, wie wohl mein richtiger Name ist –, jedenfalls so wahr ich Alani bin, genau das werde ich herausfinden! Das schwöre ich!

„Wenn du allerdings weiter jede Mahlzeit mit Grübeln statt mit Essen verbringst, wirst du in zwei Wochen aussehen wie ein makrelenmatschiges, magersüchtiges Meermodel." Tay schwimmt mit kräftigen Schwanzflossenbewegungen durch die langen Gänge von Korallenkrone, als wäre sie schon ihr Leben lang auf dieser Schule.

Ich vertraue ganz auf ihren sicheren Orientierungssinn und versuche gar nicht erst, mich daran zu erinnern, wo die Aula für Synchronschwimmen ist. Denn – knalliger Kugelfisch – dieses Fach steht als Nächstes auf unserem Stundenplan.

Ich will gar nicht darüber nachdenken, wie das wohl wird! Man sollte meinen, dass vernünftige Dinge in einer Schule wie dieser hier gelehrt werden. Aber nein, wir sollen Synchronschwimmen lernen! Ich meine, wie bescheuert ist das denn?

Aber im Moment kann ich mich gar nicht lange darüber aufregen. Stattdessen lasse ich mich, wie schon so viele Male, seitdem ich hier angekommen bin, von der unfassbaren Farbenpracht des

Korallenriffs ablenken. Meine Meerwelt! Ich kann gar nicht anders. Solange man so etwas nicht mit eigenen Augen gesehen hat, kann man nicht wirklich begreifen, wie schön, wie unfassbar schön und überwältigend das ist.

Ein Korallenriff ist ein ganz eigener Kosmos. Wie eine eigene kleine, in sich abgeschlossene Welt. Viele Tiere leben hier miteinander und voneinander. Und das alles in den knallbuntesten und leuchtendsten Farben, die man sich vorstellen kann. Die ungewöhnlichsten Fische in grellen Metallic-Schattierungen huschen hier über und unter uns herum. Oh, ich kann mich einfach nicht sattsehen!

„Willst du das?“ Tay wird etwas langsamer, um mich näher herankommen zu lassen.

„Wie? Will ich was?“

„Aussehen wie ein matschiges Magermodel!“

Ach so, das meint sie. Stinkendes Seegras, was für eine Frage! Ich werfe ihr einen vernichtenden Blick rüber. Für wie blöde hält sie mich?

Tay kichert. „Dann solltest du ab und zu mal deinen Teller leer essen!“

In diesem Moment biegen wir in die große Aula ein.

Und – OH NEIN! Die ganze Halle ist so mit Lampen ausgeleuchtet, dass man ohne Probleme eine winzige Krabbenschale auf dem Grund sehen könnte. Und neben einer der größten Lampen steht eine … Kamera! Eine dicke, silbergrün glänzende Filmkamera!

HILFE! Was wird das hier? Eine Live-Übertragung unserer Gleichklang-Schwimmversuche zur Belustigung des Meervolks draußen an den Muschelmonitoren?

Mein Meerherz! PETIN! Rette mich!

Es ist immer noch Petin, an den ich als Erstes denke, wenn ich Hilfe brauche oder mich traurig fühle. Petin, der mein Leben lang für mich da war – und ich für ihn – und der jetzt endlose Seemeilen entfernt immer noch in den weitesten Weiten der Weite vor sich hin paddelt, während ich hier allein zurechtkommen muss.

Oder – na ja – fast allein. Denn ich sehe mit Beruhigung, dass Tay sich ebenso fühlt wie ich.

„Was ist das denn?“, wispert sie zu mir rüber.

„Keine Ahnung“, flüstere ich zurück und füge dann wenig überzeugt hinzu: „Vielleicht sind wir in der falschen Höhle gelandet?“

Doch auch dieser winzige Hoffnungsschimmer wird innerhalb einer Sekunde zunichtegemacht.

„Hallo, Meermädchen!“, winkt uns eine strahlende Südsee-Schönheit von der anderen Seite der

Halle zu. „Ihr beide müsst Alani Andros und Tayfun Cork sein, ist das richtig? Ihr seid die Einzigen, die noch fehlen. Macht ihr bitte die Tür hinter euch zu?“

Tay stöhnt auf, als wäre ihr ein mittelgroßer Stein auf die Schwanzflosse gefallen.

„Nun kommt schon rein! Bitte nicht schüchtern!“, lacht die Südsee-Dame und schüttelt nicht nur ihre schwarze, mit bunten Perlen versetzte Haarmähne, sondern auch ihre blumenkranzumringten Hüften.

Fischige Flossenkrätze, wo sind wir denn hier reingeraten? So grässlich habe ich mich selten gefühlt!

Halbherzig machen Tay und ich ein paar Schwimmzüge in die ausgeleuchtete Höhle hinein. Etwa ein Dutzend Meermädchen wartet schon ungeduldig am Rand. Sie sehen aus wie Meerkinder, die die Bescherung beim Laternfischlichterfest kaum noch abwarten können. Ihre Augen leuchten und ihre Münder strahlen um die Wette.

Tays und meine Augen dagegen zeigen den gleichen Ausdruck, den sie vermutlich hatten, als wir der Killermuräne begegneten: blankes Entsetzen!

null komma null anmut

„Damit wir alle einen wirklichkeitsnahen Eindruck von unseren Bewegungen und unserer Ausdruckskraft beim Synchronschwimmen bekommen können", beginnt die Südsee-Lehrerin den Unterricht, „habe ich es geschafft, für unsere erste Stunde eine der begehrten Kameras zu bekommen."

Sie sieht so glücklich aus, als hätte sie uns gerade mitgeteilt, dass sie heute Geburtstag hat.

„Ich werde euch alle nacheinander filmen", fährt die Lehrerin fort, die sich als Miss Moana vorstellt, „und danach werden wir uns die Aufnahmen ansehen und gemeinsam bewerten."

Sie strahlt, als wäre ihr das Lächeln angeboren. (Vielleicht ist es das?)

Seufzendes Seegras! Wie kann man diese Vorstellung bloß schön finden? Mein Magen fühlt sich an wie klein gehackter Pökelfisch. Wenn ich nicht wüsste, dass es natürlich nichts gibt auf der Welt, das Alani Baltico – okay, Alani Andros – wirklich schrecken kann, dann würde ich zugeben, dass sich mir gerade jede Schuppe aufstellt. Aber welches vernünftige Meermädchen würde nicht sofort weit weg schwimmen wollen, wenn sie vor laufender Kamera merkwürdige, auswendig gelernte Bewegungen zur Musik vorführen sollte?

Ich weiß auf jeden Fall mit Sicherheit, dass ich einen – wie Madame Moana das nennt – wirklichkeitsnahen Eindruck von meinen Bewegungen und meiner Ausdruckskraft wahrhaftig nicht bekommen möchte. Überhaupt gar nicht! Um genau zu sein, ist das sogar das Allerletzte, was ich möchte! Danke! Bis jetzt hatte ich nämlich ein ziemlich gutes Selbstbewusstsein. Da brauche ich keine hüftwackelnde Südsee-Lehrerin, die mir zeigt, dass Eleganz und ich zwei Dinge sind, die nichts, aber auch null Komma nichts miteinander zu tun haben.

Denn darum geht es hier ohne Zweifel. Um grässlich fischstinkige, meermädchenglitterige Eleganz. Oder um Anmut, wie sie das hier gerne nennen. Äh, bäh! Anmut! Soll das ein anderes Wort für Sich-lächerlich-machen sein?

„Alani?“ Madame Moana lächelt, als gelte es, Miss Südsee des Jahres zu werden.

Ich atme tief durch.

„Alani – so ein hübscher hawaiianischer Name! Haben deine Eltern dort gelebt?“

Ich schüttele abwehrend den Kopf. Was ist, will sie mir schmeicheln, damit ich fröhlicher vor die Kamera hüpfe? Und überhaupt, woher soll ich denn wissen, wo meine richtigen Eltern gelebt haben?

Madame Moana deutet auf zwei andere Mädchen, die schon in Position geschwommen sind. „Vielleicht könnten du und deine Freundin Tayfun einfach versuchen, die Bewegungen von Pjerla und Nemone nachzumachen? Das wird euch nicht schwerfallen, oder?"

Schwer? Aber nein. Etwa so leicht, wie drei Haifische beim Kindergeburtstag zu jonglieren. Wer würde das nicht jeden Tag machen wollen!

Tays Hände zucken. Ich schätze, sie vermisst den sicheren Poloschläger in ihrer Hand.

Nein, dies hier ist nicht Delfinpolo. Dies hier ist das pure Grauen. Synchron-Folter. Die anderen Meermädchen können das doch nicht alle gut finden?

„Synchronschwimmen stärkt das Selbstbewusstsein und außerdem unsere Körper!", erklärt Miss Südsee begeistert. „Es sensibilisiert uns für jede Bewegung und lehrt uns, gleichzeitig Kraft und Ruhe zu spüren. Synchronschwimmen ist der sichere Weg zu natürlicher Anmut und Würde."

Würde? Ich wünschte, sie würde meiner eigenen

Würde ein wenig mehr Respekt entgegenbringen. Denn ich werde gleich der Lacher der Klasse sein. Und wie würdevoll ist das wohl für mich?!

„Kraft und Ruhe, haha!“, zischt Tay zu mir rüber. „Ich spüre meine Kraft bereits. Und zwar deutlich. Denn die droht gleich zu explodieren! Und ruhig werde ich dann garantiert nicht mehr sein!“

Ich kichere leise. Habe aber doch Sorge, dass Tay wirklich gleich ausflippen wird. Ich glaube, Tay hat vor überhaupt nichts auf der Welt Angst. Das macht sie manchmal ein bisschen unberechenbar.

Was ihre Ablehnung für so einen fischigen Sport wie Synchronschwimmen angeht, muss ich ihr allerdings uneingeschränkt recht geben. Ich würde lieber drei Meilen durch Laichschleim schwimmen als auch nur eine einzige Runde hier vor den gaffenden Glitzerkatzen und laufender Kamera.

Leider müssen wir aber doch. Losschwimmen nämlich.

Nemone winkt uns aufmunternd zu. Pjerla guckt uns deutlich weniger begeistert an.

Ich stoße mich ab ins Unvermeidliche, Tay folgt mir zögernd. Die Ersten unserer netten Klassenkameradinnen kichern bereits. Blöde Meernixen!

Als wir zu viert in der Mitte der Halle hängen, stellt Madame Moana die Musik an.

„Oh, voll sandig! Mono Meerstern!“, höre ich ein paar Mädchen rufen.

Ach du dicke Flosse! Nun müssen wir auch noch zu den Schnulzen von Maris Meersterns dorschdusseligem Popstar-Vater hier rumplanschen!

Die sowieso schon eingebildete Maris sieht äußerst zufrieden aus. „Mein Vater hat gesagt, er könne es wahrscheinlich schaffen, zum Herbstfest zu kommen, um bei unserer Aufführung zu singen.“

„OOOOHH!“

„JAA*aaaahh!*“

„UUUIIIII!“

Die Meerkätzchen quietschen wie meine kleine Schwester Sassi und ihre Freundinnen, wenn Mam Zuckerkrabben gemacht hat.

Madame Moana strahlt Maris an. „Oh, wie wunderbar, wie wunderbar! Dann haben wir ja einen Grund, uns alle dreifach anzustrengen!“

WAS? Noch mehr anstrengen? Danke, schon die einfache Portion Synchron-Planschen ist für mich eine klare Überdosis!

„Los, Meermädchen!“ Madame Moana klatscht begeistert in die Hände. „Los, los!“

Nemone und Pjerla stehen ganz gerade im Wasser, die Hände hochgestreckt und wiegen sich leicht zur Musik. Beim Beginn des nächsten Taktes setzen

sie sich in Bewegung. Eins, zwei – mit rhythmischen Schwanzschlägen machen sie zwei Schwimmzüge nach rechts. Drei, vier – dann zwei Schwimmzüge nach links. Eins, zwei – rechts, drei, vier – links …

Sieht im Prinzip ganz einfach aus. Tay und ich tun unser Bestes, rammen uns aber trotzdem einige Male gegenseitig. Eins, zwei – rumms, drei, vier – platsch … Fischige Flossenkrätze, wie sollen wir auch vorausahnen, was Pjerla und Nemone als Nächstes machen werden!

Das Kichern der Klasse ist nicht zu überhören. Wir müssen wohl unfassbar komisch aussehen!

Beim Versuch, eine Rolle – elegant ausgeführt von Pjerla und Nemone – nachzumachen, sehe ich zu Tay rüber. Ihr Gesicht wird mit jeder Sekunde finsterer. Ich kann direkt ihre Gedanken lesen. Es ist übel, so vorgeführt zu werden. Die schimmeligen Glitzermädchen um uns herum hören einfach nicht auf zu giggeln. Auch wenn ich mir immer wieder sage, dass mir das nichts, aber auch gar nichts ausmacht, tut es weh. Es tut sogar ganz fies weh.

Gerade als ich mir – während eines supermeeraffigen Kopfstandes, zu dem Mono Meerstern in höchsten Tönen jodelt – vorstelle, wie ich all diesen Meerkatzen im Schlaf ihre Schuppen genüsslich mit Krabbenhonig verklebe, sehe ich aus den Augenwinkeln das Gesicht unserer Lehrerin. Tays und meine hilflosen Versuche, die geübten Bewegungen von Pjerla und Nemone nachzuahmen, lassen das erste Mal ein Stirnrunzeln über ihr Dauerlächeln huschen.

„Tayfun und Alani, halt, wartet bitte!“ Madame Moana winkt uns zu sich, während Pjerla und Nemone sich weiter bereitwillig zur Musik strecken und drehen und winden und rollen.

Das Stirnrunzeln in Madame Moanas Gesicht verwandelt sich in Sorge. Gemischt mit einer Spur Ungläubigkeit. „Habt ihr in euren alten Schulen vielleicht gar kein Synchronschwimmen gehabt? Oder wenigstens Wasserballett?“

Ich merke, wie Tay neben mir heftig atmet und mit sich kämpft. Ganz offensichtlich versucht sie, sich zu beherrschen.

Sie verliert. Ihre Antwort ist scharf wie die Scheren von Langusten.

„In meiner alten Schule haben wir Delfinpolo gespielt“, funkelt Tay Miss Moana an. „Da brauchten wir uns nicht mit lächerlichen Kindergarten-Kopfständen aufhalten. Und wir mussten auch nicht Mädchen hinterherschwimmen, die wie Korallen aufgetakelt waren! Wir haben mit anständigen Schlägern auf vernünftigen Delfinen um eine harte Kugel gekämpft.“ Dann guckt sie sich zornig und auch ein bisschen verächtlich um. „Aber das wäre für Ihre Wabbelmädchen hier sowieso nichts!“

Ein entsetztes Raunen geht durch den Raum.

Sogar mir läuft ein Schauer über die Schwanzflosse und ich wünschte, Tay würde jetzt still sein. Dass die anderen über uns gelacht haben, ist schlimm genug. Aber ohne Zweifel macht Tay durch ihre Wut gerade alles noch schlimmer.

Doch sie ist leider noch nicht fertig. Ihre Augen sind kleine Schlitze, ihre Stimme ist laut und bebt vor Empörung. „Und ich habe echt nicht die Absicht, mir durch diesen Quallenquatsch meinen Tag verderben zu lassen!“

Sie schüttelt ihre Schwanzflosse so heftig, dass sich ihre Schuppen aufstellen.

„Den ganzen Meeresblödsinn mit Anmut und Würde können Sie sich meinetwegen an Ihre Hüftblumen stecken!“ Tays Stimme zittert inzwischen vor Wut. Ganz offensichtlich zerrt die Anspannung auch an ihren Nerven. Doch ihre Klappe halten kann sie trotzdem nicht. „Das, was man als Meermädchen braucht, ist Kraft und keine Quallensoße wie Anmut. Und Kraft habe ich bereits genug!“

„Das sehe ich“, antwortet Madame Moana ruhig.

Diesmal lächelt sie nicht. Aber sie brüllt auch nicht. Sie scheint nicht mal besonders wütend zu sein. Stattdessen wendet sie sich jetzt mir zu. „Und du, Alani? Möchtest du ebenfalls meinen Unterricht verlassen?“

Tay schnaubt wie ein Walross beim Meeres-Marathon. Ich bete zu Neptun, dass sie es nun dabei belässt.

Doch was soll ich tun? Ich habe keinerlei Verlangen, genauso heftig loszulegen. Aber ich kann meiner Freundin doch nicht einfach in den Rücken fallen. Muss ich jetzt also ebenfalls laut sagen, dass ich das alles hier stockfischdoof finde und bloß rauswill?

„Ähm …“ Ich versuche, Zeit zu gewinnen.

Tatsache ist natürlich, DASS ich hier alles wirklich stockfischdoof finde. Aber muss ich deswegen so unfreundlich sein wie Tay?

Tay wirft mir einen abfälligen Blick zu. Feigling!, sagt dieser Blick. Feige Seemuschel!

Ich kneife die Lippen zusammen.

Madame Moana mustert mich schweigend. Dann sieht sie wieder rüber zu Tay. Die bleibt zum Glück diesmal still.

„Also schön", meint Madame Moana schließlich. „Ich denke, es ist das Beste, ihr beide beendet den Unterricht für heute und geht bis zur nächsten Stunde in euren Gemeinschaftsraum. Ihr könnt dann in Ruhe darüber nachdenken, ob ihr ab morgen wieder teilnehmen wollt. Falls nicht, werde ich für euch ein Gespräch mit Miss Manatis vereinbaren."

Die bereits vorhandenen Knoten in meinem Bauch ziehen sich noch fester zusammen. Irgendwie fühlt es sich nicht gut an, zur Direktorin zu müssen. Und irgendwie fühlt es sich auch nicht gut an, dass Madame Moana jetzt so … so ernst und enttäuscht aussieht. Auch wenn alles hier – dieser ganze Synchronquatsch – natürlich komplett fischgrottenalbern ist!

Ich atme so flach, als würde ich am liebsten verschwinden wollen. Ja, verschwinden. Aber bitte ohne, dass das jemand merkt! Ohne, dass Tay eben all diese schrecklichen Sachen gesagt hat! Ohne, dass mich alle so anstarren, wie sie das jetzt tun.

Ich merke, wie sich mein Gesicht verhärtet. Wenn einen die anderen so feindlich angucken, kann man doch nur noch böse zurückschauen.

Meine Meerwelt! Wo bin ich hier nur reingeraten!

Vor ein paar Tagen hatte ich noch das schönste, einfachste, meerwasserklarste und lustigste Leben in den weitesten Weiten der Weite. Und jetzt? Jetzt paddele ich in einem Glitzermeermädchen-Internat auf der Stelle herum und alle scheinen mich auch noch zu hassen!

Ach, ich wünschte, ich wäre immer noch zu Hause in meiner alten Schule und dieser Feuerschwanz, der sich Anwalt nennt, wäre nie bei uns eingetaucht und alles wäre noch so, wie es immer war! Oh, wie sehr, wie sehr ich mir das wünschte!

Wenn das Heimweh ist, dann habe ich gerade so viel davon, dass es sich anfühlt, als würde sich mein Bauch auflösen wie heiße Lachsbutter in Mams Pfanne. Zisch, brutzel, weg … Bin ich überhaupt noch vorhanden? Ich hatte noch nie vorher in meinem Leben Heimweh, aber – knotiger Haiknochen! – das ist wirklich nicht schön.

tay und ich und ein paar ideen ...

Tay sitzt mit knurrigem Gesicht im Gemeinschaftsraum vor dem Muschelmonitor und glotzt irgendeine langweilige Sendung über das Züchten von Algen in südostasiatischen Gewässern. Seit wir aus der Synchronstunde weggeschwommen sind, behandelt sie mich, als wäre ich Wasser. Praktisch nicht vorhanden.

„Was hätte ich denn tun sollen?“, habe ich sie gefragt, als ich außer Atem hinter ihr hergekrault bin.

„Wenn du das nicht selber weißt, brauche ich es dir auch nicht zu erklären!“, hat sie mir zugeraunzt.

Und das war’s. Kein Wort seitdem.

PENG! Plötzlich haut Tay auf den Aus-Knopf. Wütend dreht sie sich zu mir um.

„Wenn du lieber wieder zu den Schimmel-Mädchen zurückwillst …“ Aus ihren Augen stieben Funken. Ich höre beinahe das Wasser um sie herum zischen. „Ich halte dich nicht auf! Geh ruhig!“

„Das hab ich doch gar nicht gesagt“, stammle ich.

„Nein, das hast du in der Tat nicht!“, faucht Tay. „Du hast dort eben einfach nur so auf der Stelle rumgeplätschert und gar nichts gesagt.“

Ja, ist ja gut! (Und ist das schlimm?)

Ich sage auch jetzt lieber nichts. Ich will mich nicht mit Tay streiten. Wir wollten doch Freundinnen sein! Freundinnen im Anti-Schimmel-Club! Gemeinsam gegen die schimmeligen Korallenkrone-Meermädchen!

Aber ich merke, dass ich nicht genauso hart wie Tay bin. Und auch nicht genauso wütend.

Na schön. Die sandigste Sache war dieser Synchronquatsch wirklich nicht. Aber, auch wenn die Südsee-Lehrerin ein bisschen übertrieben drauf war – sie war ja im Grunde freundlich. Das versuche ich Tay doch mal in vorsichtigen Worten zu sagen.

„Klar, klar! Tintenfischbrühenklar!“ Tay schnaubt. „Und die kichernden Glittermeerkatzen? Fandest du die auch nett?“

Ich seufze. Nicht leise, sondern ziemlich laut. Nein, die fand ich allerdings nicht nett. Denn verspottet zu werden, das macht auch mich wütend. Und das wurden wir ja nicht zu knapp. Das laute Kichern konnte man sogar noch im Flur hören.

„Nein, *die* kriegen das natürlich zurück!“, bringe ich zwischen zusammengepressten Zähnen hervor.

In Tays Mundwinkeln zuckt ein leichtes, hoffnungsvolles Grinsen. „Ach ja? Und wie?“

„Mir fällt schon was ein!“

Tays Gesicht sieht sofort um hundert Wellenlängen freundlicher aus. „Du meinst…?“ Sie zieht eine fischstinkige Grimasse und hält sich die Nase zu – unser Club-Geheimzeichen!

Ich lächele ebenfalls. „Ganz genau! Der Anti-Schimmel-Club wird zuschlagen!“

Tay lacht zufrieden. „Los, gib mir fünf! Lani und Tay, die unschlagbaren zwei! Freundinnen für immer! Schwöre!“

Ich strahle, so froh, dass wir uns nicht mehr gegenseitig angrummeln. „Freundinnen für immer!“

Und – PENG! – klatschen wir uns ab.

„Dann lass uns was ausdenken!“, gibt Tay unternehmungslustig zurück.

Ich grinse. „Okay! Irgendwelche Ideen?“

Tay wird von Minute zu Minute lebhafter. „Wir könnten nachts ein paar Flohkrebse und Tintenschnecken einsammeln und denen unter die Bettdecken tun …“

„… und morgens entspannt zuhören, wie sie anfangen zu kreischen“, setze ich kichernd hinzu.

Tay nickt begeistert. Doch dann fällt ihr etwas ein. „Zu blöd nur, dass wir hier in einem Korallenriff sind: Hier gibt es weit und breit keine Flohkrebse und Tintenschnecken.“

„Wie wäre es dann mit ein paar schwarzen Seeigeln?“, schlage ich vor.

„Ja, oder Garnelen“, grinst Tay, „die sind doch sehr …“

In diesem Moment hören wir die Tür aufgehen.

„Was sind Garnelen?“ Nemone steckt ihren Kopf in den Gemeinschaftsraum.

„Nichts“, behaupten Tay und ich wie aus einem Mund.

Nemone guckt etwas verdutzt. Sie macht ein paar Schwimmzüge in den Raum hinein zu einem Regal, zupft ein Buch heraus und schwimmt zurück zur Tür.

Ich wundere mich, wie freundlich sie wirkt. Hat sie sich eben in der Stunde nicht auch über uns amüsiert? Ach nein, sie ist ja mit Pjerla vorgeschwommen. Sie und Pjerla waren die Einzigen, die sich nicht über uns lustig gemacht haben. Aber wenn sie zugeguckt hätte, dann hätte sie ganz sicher ebenfalls gelacht. ALLE haben gelacht.

Im Türrahmen dreht sich Nemone noch einmal um. „Ich finde übrigens, das war ziemlich heftig vorhin!“

Tay und ich sagen kein Wort.

Nemone blickt zum korallenroten Boden und schaut dann langsam wieder zu uns hoch. „Madame Moana ist nämlich eine von den wirklich tollen Lehrerinnen, wisst ihr? Und außerdem …“ Nun guckt Nemone doch ein bisschen feindlich. Ihre Stimme klingt bestimmt. „Ein Wabbelmädchen ist keine von uns! Das kannst du dir mal für alle Gezeiten merken!“

Der letzte Satz ging an Tay. Ich bete, dass Tay nicht einen weiteren Wutanfall kriegt. Doch neben mir bleibt alles ruhig. „Na ja, wie auch immer. Macht ihr morgen wieder mit?“ Ein kurzes Lächeln huscht über Nemones Gesicht.

„Synchronschwimmen ist nicht ganz einfach, wenn man es noch nie gemacht hat. Aber hat man erst mal ein paar Bewegungen raus, ist es supersandig. Ehrlich!“

Tay macht ein Geräusch wie ein Seeelefant mit

verstopfter Nase. Was nicht unbedingt zustimmend klingt.

Nemone grinst jetzt breit. „Echt, ihr hättet mich sehen sollen, als ich hier anfing! Ich sah aus wie ein Wal in der Ballettschule!“

Ich lächele ebenfalls vorsichtig. Nicht, weil Nemone immer noch nicht dünn wie Seegras ist, sondern weil ich es ziemlich nett finde, dass sie sich selbst fröhlich auf die Welle nimmt, bloß damit wir uns besser fühlen.

Tay scheint das nicht ganz so zu sehen. Aber – Neptun sei Dank! – sie ist immer noch still.

Draußen vorm Fenster huscht ein Schwarm leuchtender Doktorfische vorbei. Auch Nemones Blick wandert kurz zu den Fischen rüber. Dann reißt sie sich los.

„Na ja …“, sagt sie und zupft sich ihren knallroten getupften Minirock gerade, „heute haben wir nur noch Schuppen- und Schönheitspflege. Im römischen Bad unten am Fuß des Riffs. Aber morgen früh haben wir als Erstes Landmenschenkunde. Und Signora Nevea ist nicht ganz so entspannt wie Madame Moana. Wenn ihr versteht, was ich meine!“

Ich verstehe. Tay ebenfalls?

„Wir kommen pünktlich“, versichere ich schnell. „Danke.“

Nemone nickt und lächelt. „Okay!“

Als die Tür hinter ihr ins Schloss geklickt ist, zischt Tay sofort los. „Rottiger Rattenfisch!“

„Hä? Was meinst du?“ Ich gucke Tay verwirrt an. „Das war doch nett von Nemone, oder?“

Tay knurrt als Antwort nur.

Ich bin noch verwirrter. Und auch etwas bestürzt. „Fandest du das etwa blöd von ihr, uns vor Signora Nevea zu warnen?“

Tay sieht mich beinahe gequält an. „NEIN, zum VERZISCHTEN MEERMANN! Ich … ich … ich … ach! Nein, das war wirklich nett von ihr.“ Tay guckt richtig verzweifelt. „Alani, manchmal … kann ich mich einfach nicht beherrschen! Und dann … dann … sage ich Dinge, die mir … na ja, die mir hinterher zumindest ein klein wenig leidtun.“

Ich grinse. „Ach wirklich? Hab ich noch nicht bemerkt.“

Tay guckt mich verblüfft an. Dann kapiert sie und lacht. „Haha, sehr witzig! Zickiger Zander! Ich glaube, ich brauch dringend ’ne Runde Delfinpolo, um mich abzureagieren!“ Doch dann hält sie zögernd inne. „Alani? Ich habe doch nicht wirklich ‚Wabbelmädchen‘ laut gesagt, oder?“ Sie guckt mich fragend an. Ich ziehe die Brauen hoch und nicke: „Doch, sieht ganz so aus!“

„Oh nein!“ Tay sieht ehrlich zerknirscht aus. „Nicht, dass die meisten hier das nicht verdient hätten …“

„… aber es wäre einfacher gewesen, wenn du es nur gedacht hättest?“

„Äh … ja“, muss Tay zugeben. „Trotzdem finde ich, dass einige dieser kicherigen, schimmeligen, glitzerigen WABBELMÄDCHEN unbedingt einen kleinen Denkzettel verdient haben!“

„Mindestens!“, stimme ich zu. „Wenn nicht einen großen!“

„Und diesen Denkzettel werden sie heute Nacht bekommen!“ Tays glockenhelle Stimme klingt fest und entschlossen.

„Garnelen?“

„Garnelen, garniert mit ein paar freundlichen Seeigeln.“

Beides! Dass Tay immer übers Ziel hinausschießen muss! Die Seeigel kriegen die ja nie wieder aus ihren Haaren raus!

Aber lustig aussehen tut es bestimmt! Freue mich schon auf den Anblick von Maris Matschfisch Meerstern, wenn sie morgens aufwacht, um sich, wie immer, stundenlang im Spiegel zu betrachten! Diesmal kann sie dabei in aller Ruhe versuchen, die schwarzen Seeigel aus ihren blonden Haaren rauszuzupfen. Dann werden wir ja sehen, wer am lautesten kichern kann!

nachts sind alle fische grau

Na schön! Es ist doch ein bisschen unheimlich hier draußen! Ich gebe es zu. Aber wirklich nicht sehr. Gar nicht. Und jetzt zurückschwimmen und klein beigeben? Nein! Nie!

Bin ja schließlich keine Angstkrabbe!

Es ist stockfischfinstere Nacht im Korallenriff. Nicht nur alle Glitzermädchen, sondern auch die meisten Tiere sind schlafen gegangen. Das Wasser ist beinahe bewegungslos. Und lautlos. Man hört nichts außer unserem Atem und dem leisen Plätschern unserer Schwimmzüge.

Ich versuche, meine Schwanzflosse möglichst leise durchs Wasser gleiten zu lassen. Wenn alles um einen herum so ungewöhnlich still ist, möchte man selbst irgendwie auch ganz still werden. Unauffälliger. Eigentlich am liebsten unsichtbar.

Außerdem tun wir etwas schrecklich Verbotenes. Wir sind mitten in der Nacht aus unseren Schlafgrotten rausgeschlüpft und paddeln jetzt meermutterseelenallein durchs Wasser. Ich glaube kaum, dass es in Korallenkrone ein schlimmeres Vergehen geben könnte! Dabei bin ich schon hundert Mal nachts draußen gewesen. Allerdings bei uns zu Hause in den weitesten Weiten der Weite. Zusammen mit meinem alten Freund Petin.

Jetzt habe ich Tay neben mir.

Ich werfe mal einen unauffälligen Blick zu ihr rüber. Sie schwimmt mit kräftigen Zügen so ruhig und zielstrebig durch das tintenfischschwarze Wasser, als hätte sie Laternenfischaugen.

Tay bemerkt meinen Blick. Kritisch mustert sie mich. „Was ist? Hast du etwa Schiss?"

„Schiss? ICH?"

„Ja, du!" Tay guckt nun fast vorwurfsvoll.

Ich fühle mich eine Sekunde lang scheußlich. Wer möchte schon dabei ertappt werden, schissrig zu sein?

Doch nach etwa zwei Sekunden zuckt es um Tays Mund und sie platzt heraus: „Kotzende Kitzelkrake, Alani! Ich mach mir gleich in meine Schuppen! Ist das dunkel hier! HILFE!" Sie kichert hysterisch und greift nach meinem Jäckchen. „Bleib hihihihiiier!"

Ich kichere hemmungslos mit. Bibberig und aufgeregt. Schön, scheußlich, schissrig!

„Lani! Wollen wir wieder zurückschwimmen?“

Ich gluckse so, dass ich Schluckauf bekomme. „Nein – hicks. Nur – hicks – über meine Lei... – hicks – leiche!“

Die Nacht ist so schwarz, dass man kaum eine Wellenlänge weit gucken kann.

„Hörst du – hicks – was?“

„Wieso, was denn?“ Tay guckt besorgt.

„Weiß – hicks – ich ja eben – hicks – nicht.“ Ich rolle mit den Augen. „Sonst – hicks – würde ich ja wohl ni... hicks – nicht fragen!“

Das findet Tay so komisch, dass sie wieder loswiehert wie ein lachender Delfin beim Rückwärtsschwimmen.

Ich finde es erstaunlich, dass man Angst oft sehr leicht los wird, wenn man einfach nur albern genug ist. Zumindest hilft es meistens enorm.

„Wo ist denn nun die Stelle mit den vielen Garnelen, die du vorhin gesehen hast?“, fragt Tay ungeduldig.

Ich hickse als Antwort eine Weile vor mich hin und gucke dabei hierhin und dorthin. Als ich heute nach dem Abendessen ein wenig aus dem Internat rausgeschwommen bin, um unbemerkt mit meinem Muschelfon muschelieren zu können (was *in* Korallenkrone nämlich fast ständig verboten ist), bin ich ein Stück vom Riff entfernt zufällig auf ein Riesennest gestoßen. Voll von wunderbaren, stacheligen Garnelen! Das muss doch hier irgendwo gewesen sein?

Aber jetzt stolpere ich nur über meine eigene Schwanzflosse. „Knotiger Haiknochen! Nachts sieht alles ganz anders aus!"

Tay rollt mit den Augen. „Ja, ja, nachts sind alle Fische grau. Sagt meine Mutter immer."

„Und alle Meermädchen schlau!", werfe ich ein. „Das sagt meine Mam!"

Tay giggelt schon wieder. „Und was tun schlaue Meermädchen?"

„Sie schwimmen zurück in ihre warmen Kojen und träumen von tapferen Meerprinzen?", schlage ich vor.

Das bringt Tay so zum Kichern, dass sie stoppt und sich vor Lachen die Hüften hält. „Meerprinzen! Meine Meerwelt! Hast du schon mal irgendwas Prinzenartiges an einem Meerjungen gesehen?"

„Nee", antworte ich trocken, „deswegen träumt man nur von ihnen und trifft sie nicht in Wirkl..."

Weiter komme ich nicht, denn in diesem Moment stockt mir der Atem.

Auch Tay starrt mit offenem Mund entsetzt nach oben.

Ein riesiges Etwas schwimmt keine drei Wellenlängen über uns hinweg. Rechts und links von ihm flattern dunkle, weite, segelartige Auswüchse durchs Wasser.

Tay und ich klammern uns aneinander fest.

Ich gebe mein Bestes, ruhig zu bleiben. Durchdrehen hilft in den seltensten Fällen. Aber was um alles in der Meerwelt ist das? Sicher ist nur, dass das kein normaler Fisch ist, wie es sie Tausende hier unten gibt. Ich denke fieberhaft nach. Wenn das überhaupt ein Fisch ist, dann kann das nur ein … Rochen gewesen sein.

Rochen haben sehr platte Körper und große Brustflossen, die fast wie Flügel aussehen – so wie dieses Ding. Und sie werden riesig groß – bis zu zehn Meter. Das Schlimmste aber ist: sie besitzen einen tödlichen Giftstachel!

„War das etwa ein … Rochen?“ Tay hat die gleiche Vermutung wie ich. Ihr Gesicht sieht angespannt aus, aber nicht mehr panisch. Alle Albernheit ist wie weggewischt. „Wenn das ein Rochen ist, wird er gleich wiederkommen, Lani. Wir müssen zurück zum Riff.“

Ich nicke. Ich bin schließlich keine Meerstadtschnecke. Ich weiß, wie man sich gefährlichen Tieren gegenüber zu verhalten hat. Im offenen Meer sind wir verloren. Wir müssen Schutz suchen. Aber wir dürfen nicht zu schnell schwimmen. Keine hektischen Bewegungen machen. Keine Aufmerksamkeit erregen.

Mein Herz peitscht das Blut viel zu schnell durch meinen Körper, als Tay und ich uns gegenseitig loslassen, uns still zunicken und dann umdrehen und losschwimmen. Trotzdem formen meine Hände gleichmäßige, ruhige Schwimmzüge, so wie ich es von Pap gelernt habe. Nur meine Gedanken rauschen noch schneller, als mein Herz schlägt.

Was, wenn das eben wirklich ein Stechrochen war? Was, wenn er uns entdeckt, bevor wir das schützende Internat erreicht haben?

„Tay?“

„Ja?“

„Gibt es in dieser Gegend überhaupt Stechrochen?“ Ich sehe erwartungsvoll zu ihr rüber.

Doch meine Hoffnung macht PLOPP!, wie ein Wasserballon, in den jemand eine Nadel pikt, denn Tay antwortet mit ziemlich leiser Stimme. „In Korallenriffs? Klar. Sogar reichlich.“

„Und … bist du sicher, dass das wirklich einer war?“

Tay guckt mich an. „Was soll es sonst gewesen sein?“

Ja, was soll es sonst gewesen sein?

dunkle schatten

Eine Weile schwimmen Tay und ich schweigend nebeneinanderher. Ich kann sehen, dass sie, genauso wie ich, immer wieder besorgt nach oben guckt. Allein im weiten Meer auf einen Stechrochen zu treffen, ist nichts, was einem im Leben zu oft passieren sollte!

Das kicherige Angstgefühl ist wie weggespült. Tay und ich wissen beide, dass es im Moment einzig und allein darauf ankommt, möglichst schnell das schützende Internat zu erreichen.

„Ich glaube, da hinten fängt das Schulriff an." Tays Stimme klingt erleichtert.

Ich atme etwas zittrig aus. Und wenig später sehen wir tatsächlich die bunte, blütenübersäte Korallenwand vor uns auftauchen. Neptun sei Dank!

Ich will gerade erleichtert lossprudeln und die Anspannung aus meiner Flosse schütteln, da zischt mir Tay ein „Leise! Duck dich!" zu und drückt mich mit kräftigen Händen runter in eine Nische im Riff.

„Was ist? Was …?“

Doch da sehe ich ihn – den dunklen Schatten.

Er schwimmt in einiger Entfernung vorbei. Hinten, dicht am Riff entlang. Ab und zu hält er inne, als schaue er in die Öffnungen hinein.

„Tay! Der schwimmt ins Internat!“

„Das kann er nicht. Alle Türen und Fenster sind geschlossen.“

Mein Herz klopft wie rasend. Was will ein Rochen in Korallenkrone?

Rochen machen keine Jagd auf Meermädchen, das ist total albern! Sie greifen nur an, wenn sie sich bedroht fühlen. Was – zugegeben – im offenen Meer leicht hätte passieren können. Aber ich habe noch nie von einem Rochen gehört, der in eine Meermenschenhöhle eindringt. Und was sollte er da auch wollen? Rochen essen Krebse und andere kleine Tiere und benutzen ihre Stachel nur zur Verteidigung.

Dieser hier wirkt aber ganz und gar nicht so, als sei er in einer Situation, wo er sich verteidigen müsste. Es scheint eher, als ob er einen Angriff plane.

„Tay, was hat der vor?“

Tay lehnt mit zusammengekniffenen Augen halb über mir und versucht, den schwarzen Schatten zu beobachten. „Guck! Jetzt ist er am Eingang von Korallenkrone."

„Das heißt, wir können nicht rein, solange er da rumschwimmt", stelle ich überflüssigerweise fest.

Tay nickt. „Schscht!"

Mir stockt der Atem, denn der Rochen hat offensichtlich aufgegeben, einen Weg ins Innere des Internats zu finden, und schwimmt jetzt wieder auf uns zu. „Meinst du, er hat uns gesehen?"

„SCHSCHSCHTTT!"

Tay hält mir den Mund zu.

Einen Moment lang werde ich panisch, weil ich nun noch schlechter atmen kann. Doch als der dunkle Umriss immer näher und näher kommt, atmen wir sowieso beide flacher. So weit es geht, drücken wir uns in die kleine Einhöhlung der alten, abgestorbenen Korallen.

Als der Rochen nur noch wenige Flossenschläge entfernt ist, schließe ich automatisch meine Augen.

Ich höre ihn vorbeischwimmen. Wusch-platsch, wusch-platsch …

Platsch? Sollten seine breiten Flossen nicht anders klingen? Ich mache die Augen wieder auf und sehe ihn gerade noch in einiger Entfernung um eine Ecke des Riffs biegen.

Tay lässt meinen Mund endlich wieder los und sieht mich ein wenig fassungslos an. „Lani, das war überhaupt kein Rochen."

„Nicht?"

„Nein." Tay schluckt. „Ich weiß nicht, was es war. Ich … konnte nicht wirklich gut gucken."

(Hat sie etwa auch im entscheidenden Augenblick die Augen zugemacht?)

„Warum denkst du dann, dass es kein Rochen war?"

„Weil …" Tay zögert. „Weil ich mir ziemlich sicher bin, dass er einen Fischschwanz hatte. Und Rochen haben keinen Fischschwanz, oder?"

„Nein." Ich bin etwas verwirrt. „Also war es ein anderes Tier?" Ich versuche nachzudenken. „Aber er war doch viel zu groß für einen normalen Fisch. Und welcher Fisch hat solche riesigen Seitenflossen?"

Tay schüttelt den Kopf. „Keinen Schuppenschimmer! Ehrlich, ich hab keine Ahnung! Ich weiß nur, dass ich jetzt erst mal genug davon habe, hier draußen rumzuschwimmen!"

Da kann ich ihr allerdings nur zustimmen. Wenige Sekunden später haben wir das Fenster über dem Eingang, das wir beim Abhauen nur angelehnt hatten, geöffnet und sind ins Innere von Korallenkrone eingetaucht.

In dem Moment, wo wir in Sicherheit sind, geht das kitzelige Kichergefühl wieder mit uns durch. Erleichtert, der Gefahr entronnen zu sein, giggeln und schubsen wir uns gegenseitig durch die langen Gänge der Schule, bis rauf zur Bernstein-Schlafgrotte, wo unsere Kojen sind. Doch …

Knalliger Kugelfisch!

… dort oben dringen gellende Schreie aus unserem Schlafsaal!

Tay und ich halten in der Türöffnung inne. Nemone und Maris sitzen aufrecht in ihren Betten, starren zur Fensteröffnung und kreischen, als hätte ihnen jemand Juckpulver ins Make-up getan. Oder mindestens, als würden sie gerade von einem Hai zerfetzt. Dabei sieht die Schlafgrotte aus wie immer und nicht mal draußen vorm Fenster ist das klitzekleinste Stückchen Hai zu sehen.

Tay fasst sich als Erste. „Nemone! Maris! Was ist los? Was um alles in der Meerwelt ist passiert?“

Hat der Rochen es etwa doch in die Schule hineingeschafft?

Schreie in der Schlafgrotte

Es dauert eine Weile, bis Nemone und Maris sich so weit beruhigt haben, dass sie einen vernünftigen Satz zustande bringen. Als sie endlich aufgehört haben zu schreien, zittern und bibbern sie am ganzen Körper, als läge unsere Schlafgrotte irgendwo zwischen Eisschollen im Nordmeer.

Blue, die Fünfte in unserem Raum, starrt Nemone und Maris mit offenem Mund an. „Was ist los? Warum kreischt ihr wie komplett irre Meerhexen?"

Ja, das wüsste ich auch gern!

Blue scheint das allerdings nicht so unfreundlich zu meinen, wie es klingt, denn sie rudert sofort zu den beiden hin und streicht erst Nemone und dann Maris beruhigend über den Rücken. „Sagt doch, was ist passiert? Habt ihr schlecht geträumt?"

Dann dreht sich Blue zu uns um. „Und was macht ihr beiden eigentlich da? Wo kommt ihr her? Wieso schlaft ihr nicht?"

Erst jetzt schauen auch Nemone und Maris bibbernd zu uns rüber. Doch zum Glück sind die noch viel zu sehr mit sich selbst beschäftigt, um sich zu fragen, warum wir nicht in unseren Betten liegen.

„D…d…d…da war ein Mann!“ Maris bringt nur mit Mühe ein paar Worte über ihre Lippen. „Ein Meermann. Er hat … er hat …“

„Er hing vor unserem Fenster – vor dem da!“, ergänzt Nemone. Sie deutet mit immer noch entsetztem Blick auf das Schlafgrottenfenster direkt neben ihrer Koje. „Und dann hat er … er hat … er …“

Maris fällt mit bebender Stimme ein. „Er hat seinen Kopf hereingesteckt. In unseren Schlafsaal! Seinen ganzen Kopf!“

Blue guckt genauso verwirrt wie ich. Ihre blau schimmernde Schwanzflosse schlägt unwirsch auf und nieder. Dann stellt sie allerdings eine ziemlich vernünftige Frage. „Und was wollte er?“

Maris guckt sie so böse an, als habe Blue ihr ihre ganze schöne Geschichte kaputt gemacht.

„Woher … woher soll ich das wissen!“, schnieft sie vorwurfsvoll.

Nemone streicht sich ihre langen Haare aus dem Gesicht. „Er hat einfach nur geguckt. Aber wie! Es war … sooo unheimlich!“

Maris nickt aufgeregt. „Sooo unheimlich!", wiederholt sie.

Tay und ich ziehen schnell unsere Klamotten aus und legen uns bäuchlings in unsere Kojen, die Köpfe auf unsere Hände gestützt, um Maris und Nemone weiter zuhören zu können. Ein Meermann, der mitten in der Nacht in die Schlafgrotte von zwölfjährigen Meermädchen glotzt?

„Der hat sich bestimmt verirrt", stellt Tay sachlich fest.

Ich stimme ihr aus vollem Herzen zu. Welcher normale Meermann spioniert nachts durch die Fenster von Zwölfjährigen? „Hat er denn überhaupt nichts gesagt?"

Maris und Nemone schütteln beide den Kopf.

„Nichts!", quietscht Maris. „Gar nichts. Es war sooo unheimlich!"

„Ja." Blue sieht leicht genervt aus. „Das sagtest du bereits."

„Du hättest ihn sehen sollen!" Maris quietscht noch lauter.

„Das hätte ich gerne", meint Blue. „Wie sah er denn aus?"

„Unheiml…!" Weiter kommt Maris nicht.

Denn nun geht die Tür auf und Miss Lophelia, unsere Hausmutter, schwimmt herein. „Meermädchen, Meermädchen! Was ist hier los? Wer hat eben so geschrien?“

„Maris und ich.“ Nemones Stimme klingt wieder ruhig und gefasst. Obwohl sie immer noch ziemlich verschreckt aussieht. „Miss Lophelia, da war ein Mann …“

Und nun hört auch unsere Meerhausmutter die ganze Geschichte. Ihr Blick wechselt von stirnrunzelnd-vorwurfsvoll zu ernsthaft-besorgt. „Und er hat kein einziges Wort gesagt?“

„Nein, nichts“, antwortet Nemone ratlos.

„Hat er …“ Miss Lophelia stockt. „Glaubt ihr, er wollte etwas stehlen? Sah er aus wie ein Dieb?“

Ich ziehe hinter Miss Lophelias Rücken die Augenbrauen hoch und schneide Tay eine Grimasse. Ich meine, wie dorschdusselig ist diese Frage bitte? Wie sehen denn Diebe aus? Haben die etwa so was wie ’ne Arbeitsuniform? Vielleicht fischgrün-haiweiß gestreift? Damit sie im Dunkeln für alle anderen Meermenschen leicht erkennbar sind? Also ehrlich!

„Hat er auf irgendwelche wertvollen Gegenstände geguckt?“, fragt unsere Meerhausmutter weiter.

Diese Frage ist ja fast noch blöder. Was soll es hier in unserer Schlafgrotte denn Wertvolles geben?

„Uuiiiii, meine Ketten!“, quietscht Maris Meerstern allerdings gleich auf und fasst sich an ihren Hals.

Miss Lophelia sieht besorgt aus. „Hat er dich besonders lange angestarrt, mein Meerkind?“

„Er hat uns alle angeguckt“, meint Nemone. Dann überlegt sie. „Eigentlich hat er uns alle nacheinander richtig gemustert. Nicht nur mich und Maris, sondern auch alle anderen Betten und die – äh – Meermädchen darin.“ An dieser Stelle schluckt sie ein wenig und schaut sehr eindringlich zu uns rüber. Denn natürlich waren Tay und ich in der letzten Stunde in diesen Betten ja nicht zu finden.

Ranziger Rattenfisch, hoffentlich kapiert Miss Lophelia diesen Blick nicht!

Ich ziehe mir schnell die Decke ganz über meine Schwanzflosse, um die Meerhausmutter nicht auf dumme Gedanken zu bringen. Gleichzeitig lächle ich Nemone so freundlich und dankbar an, wie ich kann, ohne dabei allzu auffällig zu wirken.

Auch Blue wirft mir und Tay nun einen ziemlich langen, nachdenklichen Blick zu.

Na schön, nicht nur Nemone, auch Blue hat uns in der Hand. Sie kann uns bei der Meerhausmutter verraten oder aber netterweise so tun, als wären auch wir im Raum gewesen, als dieser Kerl durchs Fenster glotzte. Aber das heißt nicht, dass ich auch Blue anlächeln werde. Ich habe nicht vergessen, wie fischstinkig fies uns diese ganzen Glitzerkatzen heute in dem Synchron-Zirkus ausgelacht haben. Und dass sie es alle – bis auf Nemone – verdienen, das heimgezahlt zu bekommen!

„Er hat alle Betten nacheinander sehr gründlich angeguckt", meint Nemone jetzt.

„Und dann …?", fragt die Meerhausmutter.

„… haben Maris und ich geschrien", antwortet Nemone leise. „Da hat er seinen Kopf schnell zurückgezogen und ist weggeschwommen."

Miss Lophelia nickt. „Ich werde Miss Manatis Meldung machen. Das ist keine Kleinigkeit."

„Was … was meinen Sie denn, was der hier wollte?", fragt Maris mit zitternden Lippen.

Miss Lophelia bemüht sich sofort, nicht mehr ganz so besorgt auszusehen. „Darüber braucht ihr euch jetzt keine Gedanken zu machen! Das Fenster war ja geschlossen. Und mehr als seinen Kopf hätte ein Mann da sowieso nicht durchgekriegt." Sie lächelt uns alle der Reihe nach zuversichtlich an. „Ich werde Miss Manatis von dem Vorfall berichten und ich bin sicher, dass so etwas nicht noch einmal passieren wird. Schlaft jetzt weiter!“

Als sie wieder aus unserer Grotte rausgeplätschert ist, denkt von uns allerdings keine an Schlaf – im Gegenteil!

Die Tür ist kaum ins Schloss gefallen, da zischt Blue schon wütend zu Tay und mir rüber: „Wo wart ihr beiden?“

„Wir … äh …“

Matschiger Makrelenmist! Da hätte ich ja nun wirklich Zeit genug gehabt, mir eine vernünftige Erklärung zurechtzulegen, aber stattdessen fällt mir absolut nichts ein. Wässrige Leere in meinem Hirn. Ähm, wo kann man mitten in der Nacht glaubhaft mal eben hinschwimmen?

„Wir … hm … waren auf dem Klo.“

„Draußen? Und beide gleichzeitig? Warum habt ihr nicht die Toilette bei uns hier in der Badegrotte benutzt?“ Blue feuert mir die Fragen angriffslustig entgegen.

Oh, was für ein Jammer, dass wir keine Garnelen mitgebracht haben! Zu gern hätte ich Blue morgen früh mit einer Horde dieser netten Tierchen in ihrem Bett aufwachen sehen!

„Also?“ Blues Stimme klingt fordernd.

„Hey, Blue“, versucht Nemone zu vermitteln, „lass doch jetzt!“ Sie seufzt leise. „Miss Lophelia hat recht, wir sollten wirklich schlafen.“ Sie wirft einen Blick zu uns rüber. „Wir reden morgen.“

Tun wir? Ich schiele unter meiner Decke leicht besorgt zu Tay rüber.

Tays Gesicht sieht angefressen und verkrumpelt aus. Wie ein Walross-Opa, der von ein paar lästigen Putzerfischen beim Mittagsschlaf gestört wird. Ich muss fast lachen.

Nun holt sie tief Atem und scheint sich zu irgendetwas durchzuringen. „Also gut, ich sage euch, wo wir waren. Ich … ich habe nämlich gelegentlich ein Problem …“

(Ein Problem? Gelegentlich? Tay kann so oft ihre Klappe nicht halten, dass sie sehr oft ein Problem hat, hihihi! Aber das wird sie wohl kaum meinen. Wovon redet sie?)

„Ich …“, erklärt Tay jetzt weiter, „ich – aber bitte sagt das nicht weiter! –, ich neige zum …“ Ihre Stimme wird leiser. „… Schlafschwimmen. Deswegen waren wir eben noch draußen. Alani hat gemerkt, dass ich im Schlaf losgepaddelt bin, und ist mir sicherheitshalber hinterhergekommen.“ Sie dreht sich zu mir um und wirft mir einen gekonnt dramatischen Blick zu. „Danke, Lani!“

Ich bewundere Tay. Sie zuckt beim Lügen nicht mit der kleinsten Schuppe.

Ich versuche es auch mal. „Gern geschehen, Tay, das hätte doch jede gemacht. Kein Problem!"

Ups, da muss ich aber schnell unter meine Decke abtauchen, damit keiner meine rote Gesichtsfarbe bemerkt. Was das Lügen angeht, hab ich anscheinend noch 'ne Menge zu lernen!

„Du bist Schlafschwimmerin?" Blue sieht nicht sehr überzeugt aus.

Was ich ihr nicht übel nehmen kann.

Tay allerdings guckt Blue seegrasgerade in die Augen. Ihr fischfrecher Blick sagt: Du glaubst mir nicht? Beweis mir doch das Gegenteil!

Blues Mund verzieht sich skeptisch, doch sie gibt

sich damit zufrieden und rollt sich müde in ihrer Koje zusammen.

Ein Glück! Dieses Problem wäre gelöst!

Bevor auch ich einschlafe, wirbeln mir allerdings die Geschehnisse von eben noch wild im Kopf rum.

„Tay?“, flüstere ich so leise ich kann. „Glaubst du, dieser Kerl, den Nemone und Maris gesehen haben, glaubst du, das war … der Rochen?“

Tay sieht unter ihrer Bettdecke ruhig zu mir rüber. Ihre Antwort ist nur ein Wispern. „Ehrlich, Alani, das war kein Rochen, er hatte einen Fischschwanz!“

„Aber glaubst du, das Fischschwanz-Tier und dieser Kerl könnten ein und dasselbe sein?“

Tay zuckt die Schultern. „Keinen Schuppenschimmer.“ Dann sieht sie mich nachdenklich an. „Na ja, möglich ist es schon.“

„Meinst du?“ Ich denke eine Weile darüber nach. „Tay, was will ein Meermann mitten in der Nacht in Korallenkrone? Der macht sich doch nicht wirklich die Mühe, bis hierher zu tauchen, um eins von den blöden Glitzerkettchen der Schimmelmädchen zu klauen?“

Auf Tays Gesicht breitet sich ein verschmitztes Grinsen aus.

„Vielleicht wollte er Maris Meerstern rauben?“,

raunt sie zu mir rüber. „Ihr Popstar-Vater zahlt bestimmt einen Haufen Perlen, um sein Töchterchen wiederzukriegen. Und wir wären sie dann zumindest für eine Weile los!“

Wir kichern beide.

Tays Stimme wird einen Ton dunkler und sie tut so, als wäre sie ein echt zwielichtiger Fisch. „Vielleicht sollten wir dem Kerl einen Tipp geben, wo er sie sich am besten rausangeln kann?“

Wir kichern noch mehr. Die arme Maris! Wenn sie wüsste, worüber wir hier giggeln!

Natürlich wollen wir nicht wirklich, dass sie geraubt wird! Aber so zu tun als ob ist ziemlich lustig und geschieht dieser kleinen eingebildeten Meerkuh-Diva nur recht!

„Könnt ihr jetzt vielleicht mal eure Klappen halten?“, krächzt Blues genervte Stimme vom anderen Ende der Schlafgrotte.

Tay und ich rollen mit den Augen. Diese Glitzer-Glitter-Schimmelmädchen! Wie unfreundlich und fies die alle sind!

Doch dann sind auch wir zu müde, uns noch mehr Sachen auszudenken, und fallen in tiefe Meerträume.

menschenbeine

Landmenschenkunde war zu Hause in meiner alten Schule das Fach, das ich am langweiligsten fand. Meinetwegen hätte es ganz vom Stundenplan verschwinden können. Wer möchte schon ewig von merkwürdigen Sachen wie Menschen mit Beinen (zwei!) und wuscheligen Tieren, die laut bellen, hören? Oder Bilder angucken, auf denen halbrunde Blechkisten zu sehen sind, in denen Landmenschen sitzen und sich fahren lassen, weil sie anscheinend nicht in der Lage sind, sich weite Strecken selbstständig auf diesen Stecken – äh, Beinen – zu bewegen.

Eben. Total langustenlangweilig.

Ich denke an die letzte Nacht und an unseren leider schiefgegangenen Versuch, diesen Meerkätzchen hier eine erste kleine Lektion zu erteilen. Und als ich all die glimmerig-glänzenden kettchenbehängten Meermädchen um mich herum angucke, bin ich entschlossen, unsere Aktion so schnell wie möglich doch noch erfolgreich in die Tat umzusetzen! Am besten heute Nacht!

Beim Aufstehen heute Morgen stand schon Miss Manatis, die Direktorin von Korallenkrone, in unserer Schlafgrotte und fragte uns alle endlos nach dem Meermann aus, den Nemone und Maris gesehen haben. Natürlich versuchte sie, eine möglichst genaue Beschreibung zu bekommen.

Tay und ich bemühten uns, so glaubhaft wie möglich zu versichern, dass wir ihn leider überhaupt nicht gesehen hätten, deshalb also auch nicht helfen könnten.

Was ja beinahe stimmte.

Obwohl …

Meine Gedanken fließen zu dem dunklen Wasser weit draußen vorm Riff zurück, wo Tay und ich letzte Nacht geschwommen sind. Denn … vermutlich haben wir ihn ja doch gesehen. Obwohl wir da noch dachten, er sei ein Rochen.

Vielleicht sollte das Miss Manatis allerdings besser nicht wissen.

Was ist wohl die Strafe für nächtliches Ausreißen hier in diesem fischstinkig strengen Internat? Tagelanger Riff-Arrest? Nur noch trockenes Algenbrot zum Frühstück? Mindestens eine Woche lang drei Kilo Perlmuttketten an jedem Arm tragen? Jeden Tag acht Stunden Schuppen polieren?

Als ich gerade über diese interessante Frage

nachdenke und mir immer mehr haifischgrottengruselige Strafen einfallen, bemerke ich, dass Signora Nevea einen Muschelmonitorfilm angestellt hat. Hui, da passiert ja richtig was! So langweilig scheint Landmenschenkunde in dieser Schule nicht zu sein!

Ich sehe die Landmenschen das erste Mal in Bewegung. Und bin beinahe überrascht, dass sie sich tatsächlich bewegen können! Ich meine, auf so hartem Land und ohne jedes fließende Wasser um sie herum. Und dann noch mit zwei langen Beinen unten an ihrem Körper!

Denn Beine sind ja nicht so praktisch und sinnvoll wie eine Schwanzflosse. Diese wackeligen Dinger muss man ja auch erst mal unter Kontrolle kriegen und darauf balancieren, ohne dabei umzukippen!

Aber ich muss sagen, zumindest die Landmenschen in dem Film bekommen das erstaunlich gut hin!

Und Signora Nevea ist zwar streng (deshalb waren Tay und ich heute Morgen auch lieber pünktlich. Genau, wie Nemone uns geraten hat), doch während der Film läuft, erzählt sie so spannend von dem Leben über Wasser, dass man beinahe Lust bekommt, sich die Sache mal anzusehen.

Suschkia, das Meermädchen aus der Speisegrotte, hängt auf jeden Fall an Signora Neveas Lippen wie ein Putzerfisch an einem Barsch. Aber es *sind* auch unglaubliche Dinge, die unsere Lehrerin erzählt:

Riesige Schiffe zeigt sie, die die Landmenschen über ganze Ozeane transportieren, ohne dass sie auch nur einen einzigen nassen Finger bekommen.

(Während ich mir diese Schiffe genau angucke, frage ich mich im Stillen, ob es eins von dieser Art war, das explodierte, während meine richtigen Eltern gerade direkt darunter schwammen.)

Signora Nevea zeigt uns immer mehr Bilder von größeren und kleineren Booten und erklärt, dass die Landmenschen sich nicht nur auf dem Land bewegen wollen, sondern auch im Wasser und … in der Luft (was um alles in der Meerwelt wollen sie da nur?).

Für die Luftreisen haben sie große Flugzeuge gebaut, die Platz für mehrere Hundert Menschen auf einmal haben.

„Klein machen es die Landmenschen wohl nicht!“, ruft Blue spöttisch in die Klasse.

Sofort trifft sie ein strafender Blick. Doch gleichzeitig spielt ein winziges Lächeln um Signora Neveas Mund. Fast, als wolle sie Blue recht geben.

„Ich wette, die war schon mal oben“, raunt Tay mir zu.

„Wer? Blue oder Signora Nevea?“

„Signora Nevea natürlich.“

„Meinst du?“ Ich schaue ungläubig zu Tay rüber. „Glaubst du, alle Lehrerinnen dürfen an Land?“

Tay zuckt mit den Schultern. „Keine Ahnung. Aber irgendwoher muss sie ja so genau wissen, wie dort alles funktioniert.“

Der strenge Blick von Signora Nevea trifft nun uns. Doch die Geräusche des Films sind zum Glück so laut, dass sie vermutlich nichts von unserer Unterhaltung gehört hat.

In diesem Moment kreischt ein Meermädchen vor mir laut auf. Entsetzt starrt sie zum Fenster. Und …

OH GÜTIGES MEERWASSER!

Vor dem Fenster hängen lange dünne … BEINE! Richtige Beine! LANDMENSCHENBEINE!

Die restliche Klasse schreit nun auch. Sogar Tay und ich können einen Quieker nicht unterdrücken. Dreimal geknoteter Haiknochen! Landmenschenbeine! Hier bei uns im Riff!

„Ruhe! RU-HE!“ Signora Nevea versucht ihr Möglichstes, uns unter Kontrolle zu halten. Doch entspannt sieht sie dabei nicht mehr aus.

„Ruuuuhe!“, wispert sie noch einmal etwas heiser, während auch sie ungläubig die Beine anstarrt.

Ich schätze, alle anderen im Raum denken das Gleiche wie ich. Wer – um alles im Meer – gehört zu den Beinen? Wie sieht der Mensch aus, der sich gleich herunterbeugen wird, um zu uns hereinzugucken? Und was will er bei uns? Kommt er in friedlicher oder in feindlicher Absicht?

Und an dieser Stelle kräusele ich etwas nachdenklich die Stirn, denn ich habe von Pap gelernt, praktisch zu denken.

Worauf steht dieser Landmensch eigentlich, wenn seine Beine direkt vor unserem Fenster hängen? Ich meine, da ist doch weit und breit nichts als Wasser? Schwimmt der etwa so wie wir?

„Können Landmenschen denn auch schwimmen?“, flüstere ich leise zu Tay rüber.

Tay nickt. „Klar. Na ja, die meisten zumindest.“

Dann fügt sie hinzu: „Natürlich nicht auch nur

drei Wellen lang so gut wie wir. Aber …“ Sie schaut ungläubig zum Fenster. „… dieser hier kann das offensichtlich.“

Meine Meerwelt! Dass ich tatsächlich mal einen Landmenschen zu Gesicht bekomme! Zwar nur die Beine, aber das ist ja wohl das Wichtigste an ihm. Ich bin richtig aufgeregt.

Die anderen Mädchen scheinen allerdings eher panisch zu werden. Verängstigt und verwirrt quietschen und bibbern und zittern und kreischen sie durcheinander, dass man kein Wort mehr versteht. Ich sag's ja: glitterige Meerkatzen! Alles nur glänzende Fischchen mit buntem Kettchenfummel! Weicheierige Wabbelquallen!

Na schön, ein Landmensch hat natürlich hier unten nichts zu suchen. Schon gar nicht in einem Meermädcheninternat, schätze ich. Soviel ich weiß, ist es über hundert Jahre her, dass Landmenschen und Meermenschen aufeinandergetroffen sind. Seitdem leben wir mit äußerst guten Wachposten. Wie konnte dieser Landmensch also die Grenzen durchbrechen, ohne dass das jemand bemerkt hat?

Aber, wie auch immer, ich finde es eigentlich supersandig!

Signora Nevea gibt der Klasse ein Zeichen, still zu sein und sich hinzusetzen. Für einen kurzen

Moment sagt keine mehr ein Wort. Man könnte eine Schuppe zu Boden segeln hören.

„Ist das … ist das der Mann von letzter Nacht?“, höre ich eine Stimme wispern.

Dass Nemone und Maris einen Kopf durchs Fenster haben hereinlugen sehen, hat im ganzen Internat in kürzester Zeit die Welle gemacht. Noch vor dem Frühstück wusste jedes Meermädchen Bescheid.

Doch lange hält die Stille nicht an.

„Das ist BESTIMMT der MANN!“, hört man eine andere Stimme hysterisch kreischen.

„Ruhig, Mädchen, ruhig!“, bemüht sich Signora Nevea weiterhin tapfer und mit eisernem Blick, Panik zu vermeiden.

Doch damit scheint sie inzwischen allein auf weiter See zu sein. Denn nach diesen Sätzen bricht wieder ein solcher Tumult in der Klasse los, dass etliche umgeworfene Sitzmuscheln im Raum zu treiben beginnen. Weiß-blubberblasige Strudel, die durch hektisch peitschende Schwanzflossen hervorgerufen werden, behindern die Sicht. Wild schreien alle durcheinander.

„Das ist ER!“

„Er will eine von uns rauben!“

„HIIIILFE!“

Das erste Mal bin ich richtig froh, dass Mam und Pap nicht viel Geld haben. Denn das bedeutet, dass dieser Meermann es immerhin nicht auf mich abgesehen hat. Praktisch alle Glitzerkatzen hier haben ja tausendmal fischstinkreichere Eltern als ich. Und der Kerl will natürlich ein sandiges Lösegeld raushauen! Warum sollte er sich sonst die Mühe machen, eine von uns zu rauben?

Allerdings … ich kneife die Augen zusammen, starre die Beine an und überlege wieder ein wenig. Der Kerl, den Nemone und Maris gestern Nacht gesehen haben, war ohne Zweifel ein Meermann. Da sind sich die beiden sicher. Ein Meermann im Wasser hat aber keine Beine. Und dieser Mensch hier HAT Beine. Das ist unübersehbar. Also …

… also kann das doch eigentlich gar nicht derselbe Mann sein. Oder?

Um mich herum scheinen die Glitzermädchen solche logischen Überlegungen nicht anzustellen, sondern kreischen lieber in den höchsten Tönen.

„Da! Oh-oh-oh, ich glaube, ich habe eine Harpune gesehen! Guckt doch, DA!“

Ich kneife die Augen zusammen, aber ich kann beim besten Willen nichts Harpunenartiges entdecken. Um mich herum quietscht es trotzdem ungestört weiter.

„ER HAT WAFFEN DABEI!“

„Er will uns mit Waffengewalt rauben!“

„ER WILL KORALLENKRONE IN DIE LUFT SPRENGEN!“

(Sprengen? Also bitte, was für ein Quallenquark! Wie sollte er noch an Lösegeld kommen, wenn er alle Meermädchen in die Luft gesprengt hat?)

„DA! Er versucht durchs Fenster zu steigen!“

„HIIILFE!“

„RUHIG, MÄDCHEN, RUUUUHIG! BLEIBT AUF EUREN PLÄTZEN!“

Tay und ich starren kopfschüttelnd das Treiben um uns herum an. Echt, man kann ja mal Schiss kriegen! Das passiert sogar mir. Aber so was?

Dann gucken wir wieder zum Fenster. Und bemühen uns sehr, irgendetwas von dem zu sehen, was die Glitzerkatzen um uns herum zu sehen glauben. Doch ehrlich – mehr als Beine, leicht dunkel behaarte, aber total bewegungslose Menschenbeine, sind dort nicht. Von gefährlichen Waffen ist noch weniger zu erkennen.

Diese Beine treiben allerdings weiterhin vor unseren Augen im Wasser. Und beginnen nun langsam tiefer und tiefer zu sinken … bis man endlich auch einen Bauch sehen kann. Einen wabbeligen weißen Menschenbauch, der …

… der plötzlich aufhört.

WAS, BITTE?

Wieso …? Wie kann denn …? Wo ist denn der restliche Körper, der zu den Beinen gehört? Was zum Neptun …? Das gibt's doch nicht!

Keine zwei Sekunden später tauchen zwei Meerjungen vor dem Fenster auf.

Mit einem sehr verdächtig zufriedenen Grinsen im Gesicht!

Zwischen sich halten sie an einer langen Stange eine Nachbildung von zwei Menschenbeinen! Solche, wie man sie bei Meertheatervorführungen benutzt.

Meine Meerwelt und zehnmal geknoteter Haiknochen! Mir bleibt der Mund offen stehen. Was für eine fischfreche Idee!

„Guten Tag, Signora Nevea!", grüßt einer der Meerjungen höflich. „Wir hoffen, wir haben Sie nicht erschreckt?"

Er macht eine Pause. Und man merkt, wie sehr er sich darüber freut, alle in Panik versetzt zu haben. „Wir haben hoffentlich keine Unruhe gestiftet? Dieses Ding hier ist leider etwas unhandlich, Entschuldigung." Er wackelt mit der Beinattrappe vor unseren Augen herum und lächelt dabei frech.

An dieser Stelle mischt sich der andere Meerjunge ein. Ebenfalls fröhlich lächelnd und ohne die kleinste Spur von schlechtem Gewissen. „Tut uns ehrlich leid, Signora! Wie ungeschickt von uns, die Beine vor Ihrem Fenster baumeln zu lassen! Das war natürlich keinesfalls unsere Absicht!" Er gibt sich zumindest ein kleines bisschen Mühe, unschuldig auszusehen, obwohl ihm das glückliche Erfolgsgrinsen immer noch aus allen Schuppen springt. „Wir sind eigentlich bloß auf der Suche nach Tayfun Cork. Sie möchte bitte sofort zu Miss Manatis kommen."

theatersachen

Das Kreischen der Meermädchen um uns herum ist nach diesen Sätzen nicht weniger laut als drei Minuten vorher. Es klingt jetzt nur noch um einiges hysterischer. Hysterisch kicherig, irgendwie. Und auf jeden Fall erleichterter.

Signora Nevea kichert nicht. Sie starrt auf die beiden Meerjungen, als könne sie nicht fassen, an der Nase herumgeführt worden zu sein.

Doch die beiden Jungen geben sich alle Mühe, so zu wirken, als könnten sie kein Wässerchen trüben. „Oh nein, oh, Signora! Sie haben doch nicht etwa geglaubt, dass das hier …!“ Sie brechen mitten im Satz ab.

Ganz offensichtlich, weil sie das Lachen nicht mehr zurückhalten können. Trotzdem versuchen sie sehr gekonnt, ihr Gesicht so besorgt und mitfühlend wie möglich aussehen zu lassen.

Tay und ich halten uns dagegen keinen Hauch Plankton weit zurück. Wir lachen so, dass uns fast die Tränen kommen. „POLO!“

Polo, der ebenso begeistert Delfinpolo spielt wie Tay, haben wir auf der Reise hierher kennengelernt. Er geht auf Redriff, das Nachbarinternat für Meerjungen, und spielt in der Mannschaft der Nordmeer-Auswahl.

„BONNER SALMON!“ Signora Nevea scheint sich inzwischen immerhin so weit erholt zu haben, dass ihre Stimme gewaltig wie ein Felsbrocken nach einem Vulkanausbruch durchs Wasser donnert. „BONNER SALMON und SINNAKUS SÜDWIND! Natürlich wieder ihr beiden! Was fällt euch ein, meinen Unterricht so derartig frech zu unterbrechen!“

Der Meerjunge, den Signora Nevea Sinnakus genannt hat, ist etwas kleiner als Polo, ein wenig pummelig und hat mindestens eine Million Sommersprossen im Gesicht. Bei dem Wutausbruch der Signora versteckt er sich schnell hinter Polo, weil er fürchterlich lachen muss.

Polo, der mit richtigem Vornamen Bonner heißt, kann sich wesentlich besser beherrschen. Er bleibt die Höflichkeit in Person. „Signora! Ich versichere Ihnen, wir haben nur den Auftrag, Tayfun Cork abzuholen. Wir würden es nie wagen, Ihren Unterricht zu stören!“

Doch Signora Nevea lässt sich nicht beschwichtigen. „Und diese … diese … Beine? Findet ihr das lustig?“

Die Klasse scheint es auf jeden Fall reichlich lustig zu finden – zumindest jetzt! –, denn sogar die glitzerigsten Meermädchen kichern hemmungslos.

„Oh, die Beine, ja …“ Polo guckt fast ein bisschen vorwurfsvoll auf die Stange mit den nun quer im Wasser treibenden Beinen. „Das tut uns sooo leid. Wir kommen gerade von unserer Theaterprobe und dieses Ding hier ist einfach schrecklich sperrig …“

Er hantiert ein wenig hilflos damit herum, um zu demonstrieren, wie wenig er dafürkann, dass die Beine eine ganze Weile das Einzige waren, was wir vom Klassenraum aus zu sehen bekommen haben.

Ich lache aus vollem Herzen und glaube sofort, dass er in einer Meertheatergruppe seiner Schule mitspielt. Ich finde seinen Auftritt seesandig gut!

Signora Nevea scheint meine Meinung nicht zu teilen. Doch was kann sie sagen?

„Also schön.“ Sie kneift die Lippen zusammen und funkelt die Jungen warnend an. Dann sieht sie sich suchend in der Klasse um. „Tayfun?“

„Hier, Signora!“ Tay schießt von ihrem Sitz so schnell hoch, dass sie fast an die Decke prallt – nur zu bereit, den Raum schnellstmöglich zu verlassen.

Neidisch gucke ich wenig später Tay durchs Fenster hinterher, als sie mit Polo und diesem Sinnakus Südwind davonschwimmt. Ob sie wirklich zu Miss Manatis kommen soll? Oder hat Polo sich das nur ausgedacht, um sie aus dem Unterricht zu bekommen?

Hey, wenn das so sein sollte, wieso befreit Polo dann nicht auch mich?

Ich werde von Signora Nevea aus meinen trüben Überlegungen herausgerissen.

„Alani! Vielleicht erzählst du uns einmal, was du über Landmenschen weißt? Was habt ihr denn in eurer alten Schule über die Luftwelt gelernt?"

Ach du dicke Flosse! Also, in dieser Schule kann man wirklich nicht für fünf Perlen friedlich vor sich hin träumen! Und in Landmenschenkunde war ich leider nie ein hell leuchtender Laternenfisch!

„Ja …" Ich streiche mir unsicher ein paar widerspenstige Haarsträhnen hinters Ohr. Die Zopffrisur, die ich mir eilig heute Morgen zurechtgefummelt habe, ist leider nicht so gut wie die, die mir Nemone gestern gemacht hat.

„Äh, ja …"

„Ja?“, versucht mir Signora Nevea zu helfen und schaut mich erwartungsvoll an. Freundlich wie ein Tigerhai kurz vorm tödlichen Biss.

„Wir … äh … haben eigentlich gar nicht so viel über die Landmenschen gesprochen.“

Was stimmt, denn Petin und ich waren in diesen Stunden immer viel zu beschäftigt damit, uns darüber zu unterhalten, was wir nach der Schule anstellen könnten.

„Aber ein klein wenig werdet ihr doch von euren Lehrern gehört haben?“ Signora Nevea lässt nicht locker.

Ich seufze. Und funkele gleich danach meine lieben, fischfeinen Mitschülerinnen an. Denn die kichern schon wieder. Über mich. Also ehrlich, wie flossenkrätzefies ist das denn, sich über jemanden lustig zu machen, bloß weil der keine guten Antworten weiß?

Bloß Nemone kichert nicht, sondern sieht mich nur ruhig an. Möglicherweise ist die wirklich nett.

Ich reiße mich zusammen und versuche, mich an alles zu erinnern, was uns unsere Lehrerin in meiner alten Schule über die Landmenschen beigebracht hat.

„Die Landmenschen zerstören die Natur und achten Tiere und andere Lebewesen in ihrer Umgebung nur wenig?“, versuche ich mal was in die Runde zu werfen.

Ich bin mir sicher, ich habe etliche Leute bei uns zu Hause so was in der Richtung gelegentlich sagen hören. Auch wenn es vermutlich nicht unsere Lehrerin war.

„Du meine Güte, Alani!“ Signora Nevea lächelt milde. „Das ist ja eine schrecklich negative Meinung! Wo bist du denn zur Schule gegangen? Habt ihr das wirklich gelernt?“

„In den weitesten Weiten der Weite ist sie zur Schule gegangen!“, ruft Maris Meerstern spöttisch. „Da glauben die noch ganz andere Sachen!“

Und die ganzen Glimmer-Schimmer-Schimmelmädchen wiehern wieder los wie Walrosse in einem Becken voll kitzelnder Putzerfische.

Oh, wenn meine Augen Harpunen wären, hätten ein paar dieser dummen Meerkatzen jetzt ein Dutzend messerspitze Pfeile in ihren Schwanzflossen stecken!

Signora Nevea beugt sich ein wenig zu mir runter. „Hör mal, Alani! Du darfst nicht alle schlechten Dinge glauben, die man sich über die Landmenschen erzählt! Im Grunde gibt es genauso viele gute Menschen oder böse Menschen über dem Wasser wie unter dem Wasser.“

„Aha." Automatisch nicke ich brav.

Dabei kratzt mich das nicht die kleinste Flosse, ob Landmenschen nun gut oder schlecht sind. Mir sind die Landmenschen sowieso ziemlich schuppenschnuppe. Meinetwegen können sie da oben an Land machen, was sie wollen. Solange sie uns hier unten in Ruhe lassen.

„Ich glaube, wir sollten uns nächste Woche darüber noch einmal etwas ausführlicher unterhalten", meint Signora Nevea und klingt zum Glück so, als würde sie die Stunde nun abschließen wollen.

Tatsächlich ertönt keine Minute später der erlösende Schulgong. Pause!

Ich schieße aus dem Klassenraum, als wäre ein Schwarm Krokodilhaie hinter mir her. Und genauso unangenehm fühlt es sich an – das Kichern dieser miesen Glitzerkatzen!

Oh, wenn es doch nur endlich wieder Nacht wäre! Ich kann es kaum noch abwarten! Denn dieses Mal werden wir es schaffen! Der Anti-Schimmel-Club wird gnadenlos zuschlagen! Ich muss nur noch mal diese wunderbare Garnelenstelle finden und mir dann genau merken, wo sie ist!

überraschung für tay

In der Pause schwimmen viele Meermädchen in kleinen Grüppchen in den langen Wassergartenpflanzen herum, sprudeln wie kleine Wasserfälle und zeigen sich gegenseitig neue Kettchen an ihren Handgelenken, Hälsen, Schwanzflossen oder weiß die Meerfrau, wo.

Mich interessiert das nicht die Meerbohne. Wie kann man sich mit solchem Quallenquark nur so lange aufhalten?

Ich gucke mich suchend um. Wo ist Tay? Wurde sie wirklich zu Miss Manatis gerufen? Und wenn ja, warum? Hat Blue uns doch verpfiffen? Oder etwa die dumme Maris Matschfisch Meerstern? Hat eine von ihnen gepetzt, dass Tay und ich nachts nicht brav in unseren Betten lagen? Oder was kann sonst der Grund sein, warum Tay zur Direktorin gerufen wird?

Moment mal! – Wieso wird sie überhaupt von Meerjungen aus dem Nachbarinternat Redriff abgeholt? Und wo sind die Jungen geblieben? Ich hätte gern ein bisschen mit Polo gequatscht. Wir sind ja eigentlich erst fürs Wochenende verabredet. Es ist nett, ihn schon heute wiederzusehen!

Ich schwimme zu einer Aussichtsriffstelle hoch. Von hier aus habe ich einen beeindruckenden Blick. Ich kann einen Seufzer nicht unterdrücken. Immer wieder haut mich die Schönheit des Riffs komplett aus der Schwanzflosse. Die Farben, die endlosen unterschiedlichen Tierarten, einfach alles. So blöd ich Korallenkrone bis jetzt mit seinen dorschdusseligen Glitzermädchen finde, so umwerfend schön, muss ich zugeben, ist dieses Riff!

Bei uns in den weitesten Weiten der Weite sieht es auch nicht gerade langweilig aus. Aber hier scheint es alle Farben der gesamten Farbpalette in allerstärkster Stärke zu geben. Das ganze Meer wimmelt von unterschiedlichsten Fischen und anderen Lebewesen.

Die Korallententakel direkt unter mir sind so leuchtend, dass man fast die Augen zumachen muss. Ach, wenn Mam und Pap und Sassi und auch Petin das alles doch auch sehen könnten!

Wunderwasserweltenschön ist es hier! Wirklich. Da kann man beinahe vergessen, wie fies und schimmelig-schimmerig die Meerkätzchen von Korallenkrone sind.

Aber ich vergesse es dann doch nicht. Nein! Stattdessen halte ich nebenbei eifrig Ausschau nach der supersandigen Garnelen-Einsammelstelle, die ich gestern gefunden habe.

Als ich an Garnelen denke, fällt mir plötzlich mein Traum von letzter Nacht ein. Ganze Armeen von Garnelen marschierten darin herum. Genauer gesagt, in meinem Bett. Noch genauer gesagt, über mich hinweg.

Uuuuh! Bei der bloßen Erinnerung daran schüttelt es mich. Wie fischfies war das denn? Warum träume ich bloß so einen Meermüll? Warum krabbeln denn Horden von Garnelen auf mir herum? Die sollen doch auf den doofen Glitzermädchen herumturnen! Damit die ordentlich kreischen und einen fischfetten Denkzettel bekommen!

Mam behauptet, Träume wollen einem immer etwas sagen. Ja, haha, aber diesmal haben die Träume wohl etwas verwechselt. Nämlich die Meermädchen. Maris Matschfisch Meerstern und ihre schimmeligen Freundinnen hätten diesen Traum haben sollen! Nicht ich.

Von hier oben sehe ich auch, dass mehr Lehrer als gestern an den Toren von Korallenkrone stehen. Und ich weiß, dass Miss Manatis das als Vorsichtsmaßnahme wegen des merkwürdigen Meermannes letzte Nacht angeordnet hat. Das hat sie uns heute Morgen beim Frühstück erklärt. Nicht, weil sie wirklich glaubt, dass jemand vorhat, eine von uns zu rauben, sondern weil sie uns einfach mehr Sicherheit geben möchte. Alles schön und gut, aber diese Sicherheit kann auch ziemlich nerven. Wann immer man ein bisschen weiter schwimmen möchte, wird man freundlich, aber bestimmt wieder zurück Richtung Schule gescheucht.

„Alaniiii!“ Ein lauter Schrei gellt durchs Wasser und unterbricht meine Gedanken abrupt.

Und lässt mich gleich danach fröhlich lachen. Polo, der alte Fischklops! Endlich, da ist er ja!

Polo wedelt unten am Riff mit Tay und zwei anderen Meerjungen herum und winkt wild zu mir hoch. „Hey, Lani, du Weiteste-Weiten-der-Weite-Meermädchen! Heute schon Seetang geknabbert?“

Also ehrlich, Polo muss man mögen, um ihm seine fischfrechen Sprüche nicht übel zu nehmen! Seetang! Als ob ich drei Jahre alt wäre und noch ständig dieses Zeugs zwischen den Zähnen hätte!

Aber ich mag Polo. Denn wenn man ihn ein bisschen kennt, weiß man, dass er nichts wirklich böse meint. Polo ist wie Tay, er kann seine Klappe einfach nicht halten!

„Und? Wie waren deine ersten Tage hier? Wie

gefällt dir das Internatsleben?“ Polo drückt sich mit einem kräftigen Ruck vom Meerboden ab und schießt zu mir hoch. Er lächelt mich an, als würde er die nettesten Komplimente der Meerwelt machen. „Hast du es schon geschafft, von einem der wilden Seepferdchen in Korallenkrone runterzufallen, höhöhö?“

(Haha, sehr komisch!)

„Hallo, Polo! Ja, freut mich ebenfalls, dich zu sehen!“, sage ich ganz einfach und lächele zurück, weil ich mich wirklich freue.

Polo lacht laut und haut mir auf die Schulter. „Zischender Meermann, Lani! Du bist eins der wenigen Meermädchen, die nicht gleich zickig werden, bloß weil man mal was Lustiges sagt!“ Er schiebt ein paar Seeigel von einem Felsbrocken und macht es sich darauf bequem. „Wir hatten eine Freistunde und dachten, wir kommen mal vorbei. Vor allem auch, um Tay die gute Nachricht zu überbringen.“

Gute Nachricht?

Nun sind auch Tay und die anderen beiden Meerjungen oben bei mir angekommen und Polo stellt mich vor. Dann deutet er auf die beiden Jungen. „Und das hier sind Sinnakus und Jolvo. Sinni, Jolv, sagt mal ganz nett Guten Tag zu dem lieben Hinterwäldlermädchen hier!“

„Fischbacke!“ Ich boxe Polo in die Seite.

Polo lacht geschmeichelt.

Sinnakus grinst mich breit an und Jolvo nickt nur kurz. Was irgendwie lässig rüberkommt, obwohl mir mein vernünftig und klar denkendes Weiteste-Weiten-der-Weite-Hirn sagt, dass der Typ vermutlich ein kleiner Angeber ist.

„Sehr nett, dich kennenzulernen“, setzt Jolvo da hinzu. Und ich muss zugeben, dass mir genau in dem Moment außerdem auffällt, wie unfassbar gut er aussieht. Was mich für eine Sekunde regelrecht außer Betrieb setzt und Jolvo die Gelegenheit gibt, mich anzuzwinkern.

Der Typ zwinkert mich an? Will der etwa mit mir flirten? Ich bin verwirrt. Und fühle mich tatsächlich etwas hinterwäldlerisch. Was ist das denn für einer?

Ich weiß es einen Wellenschlag später. Kaum dass

Jolvo ein paar Minuten auf der Stelle paddelt, erreicht auch sein Fanclub die Krone des Riffs. Etwa fünf der glitzerigsten Meerkätzchen der Schule schwimmen in einiger Entfernung auf und ab, schauen sehnsüchtig zu ihm rüber und … kichern, was das Meerzeug hält.

Na schön, dieser Jolvo sieht ohne Zweifel flossenflippig gut aus. Aber ist das normal, dass ein ganz gewöhnlicher Internatsmeerjunge so viele Meermädchen hinter sich herschwimmen hat?

Jolvo scheint es normal zu finden. Er lächelt ungebrochen. Und tut so, als würde er die Fischmädchen überhaupt nicht bemerken. Meine Meerwelt, so von mir selbst überzeugt möchte ich mal sein!

Polo unterbricht meine Gedanken auf seine unnachahmliche Art. „Hey, mal wieder einen kleinen Kugelfisch verschluckt? Du hast diesen Weiteste-Weiten-Mädchen-Blick!“ Er kichert. „Du weißt schon! Mund auf, Wasser rein, Blubberblasen raus! Sehr verführerisch, wirklich!“

Meine Hand macht automatisch eine kräftig ausholende Bewegung. Polos Glück, dass er sich schnell duckt!

Jolvo und Sinnakus lachen.

Tay verdreht die Augen, aber grinst ebenfalls. Jungen!, sagt ihr Blick.

Dann zieht sie mich beiseite.

„Alani!“, blubbert sie aufgeregt. „Polo hat in Redriff gefragt, ob ich in der Polo-Mannschaft mittrainieren darf. Du weißt doch, in Redriff haben sie ein ziemlich gutes Delfinpolo-Team. Und rate, was der Trainer gesagt hat!“

Tay strahlt wie eine Gruppe von Laternenfischen.

„Du darfst mitmachen?“

Tay nickt glücklich. „Von jetzt an jede Woche zweimal! Und Miss Manatis hat es tatsächlich auch erlaubt! Polos Lehrer hat mit ihr gesprochen. Ich war eben bei ihr und sie war richtig nett.“

Polo hört für einen Moment auf mit seinen Sprüchen. „Tay wird das erste Meermädchen sein, das in unserer Mannschaft trainiert!“ Er guckt Tay mit ehrlicher Bewunderung an. „Mr Monkfish, unser Sportlehrer, hat gesagt, es sei ihm eine Ehre, eine so begabte Spielerin wie Tayfun Cork einen seiner Delfine reiten zu sehen!“

Tay beißt sich auf die Lippen, um Stolz und Freude wenigstens ein klitzekleinwenig verborgen zu halten. „Sandig, oder?“

„Supersupersupersandig, Tay!“ Ich nehme sie in den Arm und drücke sie fest. „Oh, ich freu mich für dich!“

delfinträume und die weite welt

Die restliche Pause über albern wir mit den Jungen rum, jagen uns gegenseitig mit den scheußlich landmenschenhaarigen Theaterbeinen und zischen lachend wie ein wilder Schwarm Lodden zwischen den bunten Korallentürmen herum.

Jolvo ist genauso nett und lustig wie Polo und Sinni, und ich vergesse fast, wie gut er aussieht. Nur die schmachtenden Blicke der Glitzermädchen erinnern mich daran. Erstaunlich, dass Jolvo das so kaltlässt!

Als es zur nächsten Stunde gongt, finde ich es richtig schade, dass Korallenkrone nur ein Mädcheninternat ist und die Jungen wieder nach Redriff rübermüssen. Wie gut, dass die Schulen wenigstens so nahe beieinanderliegen!

„Wir sehen uns am Freitag beim Training!", rufen Jolvo und Sinnakus und tauchen mit einem angeberischen Köpfer unter dem Eingangsportal von Korallenkrone hindurch.

Die Lehrerin, die dort Wache schiebt, nickt ihnen zu. Anscheinend sind die Jungen bekannt wie bunte Doktorfische.

„Sagt mal“, meint Polo, bevor er ebenfalls abtaucht, „wieso werdet ihr hier eigentlich plötzlich besser bewacht als eine Horde Meerweltmeisterschaftsdelfine?“

Tay und ich erzählen ihm kurz von dem unheimlichen Meermann, den Nemone und Maris Meerstern gesehen haben.

„Ein Einbrecher? Interessant!“, meint Polo und pfeift anerkennend durch die Zähne, so als hätten Tay und ich erzählt, dass unsere Schlafgrotte die Schulmeisterschaften im Langstreckentauchen gewonnen hätte. „Saftiger Schleimfisch! Dass solche Sachen immer in Korallenkrone passieren und nie in Redriff!“ Er sieht richtig enttäuscht aus.

Und dann will er alles ganz genau wissen. Wie der Meermann aussah. Wie er geguckt hat. Ob er was gesagt hat.

„Also echt, Polo!“ Tay wird langsam ungeduldig. „Wir haben ihn nicht mal selbst gesehen!“

„Aber wir haben den Rochen gesehen“, erinnere ich sie.

Sofort horcht Polo wieder auf. „Welchen Rochen?“

„Das war gar kein Rochen", wirft Tay ein.

„Eben!", sage ich.

Polo grinst. „Klingt ja noch interessanter!"

Und nachdem wir ihm auch noch alles von dem Rochen, der möglicherweise auch der Meermann gewesen sein könnte, erzählt haben, sieht er richtig zufrieden aus.

„Krustige Krake, Meermädels!", brummt er und hat dabei einen beinahe nachdenklichen Ausdruck im Gesicht. „Bei euch ist wirklich immer was los!"

Tay und ich sehen ihm nach, als er sich endlich beeilt, Jolvo und Sinnakus hinterherzuschwimmen.

„Warum hat man bei Polo immer das Gefühl, dass er gerade wieder irgendwas ausbrütet?", grinst Tay.

Ich zucke die Schultern und grinse zurück. Wo sie recht hat, da hat sie recht! Polo ist ein kleiner Hammerhaiknaller!

Als Tay und ich zur nächsten Stunde schwimmen (Wasserkunde! Ups, hatten wir nicht irgendeine Hausaufgabe auf?), fällt mir noch etwas ganz anderes ein. „Sag mal, Tay, deine Mutter wird doch nichts dagegen haben, dass du in Redriff trainierst?"

Tays Mutter hat Tay immerhin zum großen Teil auch deshalb nach Korallenkrone geschickt, weil es hier nur Seepferde zum Reiten gibt und Tay keine Chance mehr auf wilde Delfinritte haben sollte. Dass sie die nun doch bekommt, passt der Mutter vermutlich nicht besonders gut in den Kram.

Tay guckt mich finster an. „Ich werde ganz sicher nicht den Fehler machen, ihr das zu erzählen. Ich bin doch nicht doof!"

„Aber Miss Manatis könnte es ihr sagen."

„Warum sollte sie?", fragt Tay zurück. „Miss Manatis weiß ja nicht, dass meine Mutter nicht möchte, dass ich Delfinpolo spiele. Ich glaube kaum, dass sie extra zum Muschelfon greifen wird, um meinen Eltern zu erzählen, was ich nachmittags so treibe."

Nein, wahrscheinlich nicht.

Ich seufze. Hat Tay ein Glück! Mein Meerherz, wie gern ich auch Delfinpolo spielen würde! Aber hier spielen natürlich alle schon viel zu gut, als dass noch eine Anfängerin mitmachen könnte. Auch wenn ich sicher genauso gut (oder sogar besser?) reiten kann wie Tay, einen Schläger dabei zu schwingen ist natürlich noch mal was anderes.

Tay scheint meine Gedanken zu erraten. „Vielleicht dürfen wir uns mal einen Delfin ausleihen. Dann zeige ich dir ein paar Schüsse und Tricks!"

Ich lächele. Was für eine sandige Vorstellung! Ich kann mir allerdings nicht vorstellen, dass uns Redriff einen der kostbaren Delfine ausleiht, nur damit zwei Schülerinnen von Korallenkrone ein paar Stunden durch die Gegend jagen können.

Ach, Delfine! Ich brauche nur an Delfine zu denken und OOOOHHH, was für eine heftige Sehnsuchtswelle da gleich durch meinen Bauch schwappt!

Sofort sehe ich Jinni und Lu, meine Lieblingsdelfine aus Paps Delfinschule, vor mir. Ich höre förmlich ihre vertrauten Klicklaute. Manchmal einlullend, manchmal fordernd. Ich kann beinahe spüren, wie sie mich mit ihren Nasen freundlich anstupsen, als wollten sie sagen: Und? Machen wir heute noch einen kleinen Ausflug?

Oh, wie gern würde ich mich hier und jetzt ohne Sattel auf einen ihrer glatten Rücken schwingen und – HUIII! – durch die Fluten abzischen wie eine Unterwasserrakete. Rauf und runter, vorbei an Felsgebirgen und durch die dichtesten Kelpwälder.

Ach nein, halt, hier gibt's ja gar keine Kelpwälder. Dafür aber ein riesiges Korallenriff. Wohooo, muss das ein berauschendes Gefühl sein, über ein Meer von Farben hinwegzureiten!

Und dann weiter und weiter. Schneller und schneller. Nur ich und mein Delfin. Hinaus – weit, weit bis in die weitesten Weiten der Welt!

Wie ich mich danach sehne, die Welt zu sehen! Die ganze Welt! Wie oft Petin und ich uns das vorgestellt haben! Ob wir das wohl irgendwann wirklich machen werden? In die Welt hinausreiten? Bis in die Südsee vielleicht? Bis nach Hawaii?

„Alani?“

„Huch … ja?“

Tay lächelt mich an. „Alles klar?“

„Äh, klar-klar! Klar wie Tintenfischbrühe!“ (Man wird ja wohl noch ein paar Flossenschläge lang tagträumen dürfen!)

„Sandig.“ Tays Lächeln geht in ein mitleidiges Augenbrauenrecken über. „Wenn du dann wieder hier in Korallenkrone bist, könnten wir vielleicht die Tür öffnen?“

Äh, welche Tür? Ich bin so in Gedanken versunken hinter Tay hergepaddelt, dass ich überhaupt nicht darauf geachtet habe, wo wir sind.

Oh ja, da ist tatsächlich eine weiß schimmernde Perlmutttür! Und die sieht verdammt aus wie die Tür zum Klassenzimmer für Wasserkunde. Seufzendes Seegras! Manchmal finde ich Schule echt anstrengend!

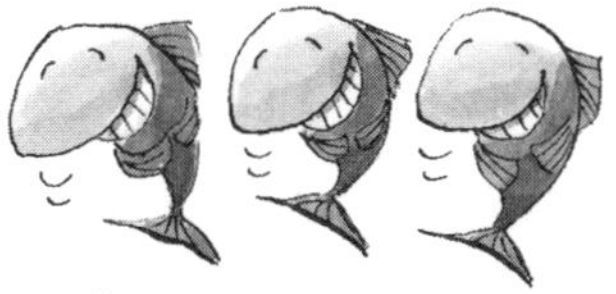

glitzerkatzen und eine kaputte kamera

Miss Petula duldet keine Unaufmerksamkeit. Ganz im Gegenteil. Sie hält uns so hart an der Wasserkante, dass ich überhaupt keine Chance mehr habe, in nette Delfinträume abzutauchen.

„Nun? Wer von euch hat sich Gedanken darüber gemacht, was die Menschen davon abhält, auch die Tiefen der Meere zu erforschen?“ Miss Petulas Zeigestock, der eben noch auf die großen Weltmeere vorne an der Wasserkarte gezeigt hat, knallt jetzt ungeduldig auf ihre Sitzmuschellehne.

Ich zucke erschrocken zusammen. Meine Meerwelt, kann diese Meerfrau nicht einen etwas ruhigeren Unterricht machen? (Bei dem man vielleicht ein bisschen schnarchen könnte?)

Vialla, Blue, Nemone, Lakja und ein paar andere Meermädchen melden sich eifrig.

Fein, dann kann ich ja ein paar Minuten entspannen …

„Du vielleicht, Alani?“ Miss Petulas Stock treibt – zusammen mit ihrem Körper – in gefährliche Nähe.

Pickeliger Pökelfisch! Wieso haben die es hier alle ständig auf mich abgesehen? Steht etwa „Achtung, leichtes Opfer für Meer-Lehrerinnen!“ quer über meine Stirn geschrieben?

„Nun, Alani?“ Miss Petulas Schwanzflosse peitscht erwartungsvoll etwas Wasser gegen meine eigene Flosse.

Ich gucke ratlos zu Tay rüber.

Die zuckt nur mit den Schultern. Danke, Tay, sehr hilfreich!

Und schon geht das erste Gekichere los.

„Ruhe!“ Wieder donnert ihr Stock gegen eine Sitzmuschellehne. Diesmal nur leider gegen meine.

Wie vom Steinschlag getroffen fahre ich hoch. Sicher ist sicher. Ich möchte nicht

aus Versehen von irgendwelchen Zeigestöcken verletzt werden! Entsetzt starre ich Miss Petula an.

Das Kichern um mich herum nimmt bedrohliche Ausmaße an.

„RU-HE!"

Miss Petula sieht nun leicht verärgert aus und konzentriert sich auf die Auslöser ihres Ärgers. Gut so!

„Maris!" Die Wasserkunde-Lehrerin ist eine Reihe weiter nach hinten gepaddelt und sieht Maris Meerstern durch ihre Brille scharf an. „Maris, da du dich so über die Frage zu freuen scheinst, die ich eben Alani gestellt habe, wirst du sie vermutlich gerne selbst beantworten, nicht wahr?"

Aber – haha! – Maris Matschfisch Meerstern sieht nicht so aus, als würde sie der Wasserkunde-Lehrerin da zustimmen.

Am liebsten würde ich Maris jetzt die Zunge rausstrecken und „Bäh-bäh, das hast du davon!" schreien. Doch ich sinke lieber nur still und dankbar auf meine Sitzmuschel zurück und versuche, den Rest der Stunde über ganz, ganz unauffällig zu bleiben.

Als Tay und ich später auf dem Weg zur Halle für Synchronschwimmen sind, haben wir den ganzen Fischzirkus hier schon wieder so satt, dass es mich einige Mühe kostet, Tay dazu zu bewegen, sich noch einmal in die Tanzfolter-Arena zu begeben. Dass ich selbst das noch ein weiteres Mal auf mich nehme, liegt einzig und allein daran, dass ich die Vorstellung, ansonsten zu Miss Manatis geschickt zu werden, noch schlimmer finde. Miss Manatis war so nett zu mir mit all dem Kram um Mam und Pap und dem Feuerschwanz. Ich würde sie wirklich nur ungern verärgern.

Tay scheint da weniger Hemmungen zu haben.

„Aber, Tay“, erinnere ich sie, „Miss Manatis hat dir gerade eben erlaubt, beim Delfinpolo-Training von Redriff mitzumachen. Wenn wir jetzt den Unterricht verweigern, kriegen wir bestimmt ’ne knallige Strafe!“

Tay sieht so aus, als hätte man sie mitten beim Ausholen zum alles entscheidenden Tortreffer vom Delfin geholt. Ganz offensichtlich ist ihr dieser Zusammenhang erst gerade eben klar geworden.

Ich kann sehen, dass sie mit sich ringt. Um nichts in der Meerwelt würde Tay riskieren, ihr geliebtes Delfinpolo womöglich doch missen zu müssen.

Mit Todesverachtung stößt sie die dicke Tür zur Grotte für Synchronschwimmen auf und krault hinein.

Ich kraule hinterher. Kein bisschen zuversichtlicher als Tay. Was kann uns schon erwarten? Wir werden über Nacht wohl kaum zu Profi-Synchronmiezen geworden sein, die elegant im Takt der Musik ihre Flosse hierhin und dorthin recken und ihren Körper vorbildlich wiegen und strecken.

Als wir in die Halle hineinschwimmen, vollführen zwei Meermädchen gerade akrobatische Sprünge, auf die jeder Meerzirkus stolz gewesen wäre. Wo haben die bloß so was gelernt?

„Bravo, Lakja! Bravo, Coralia!“ Madame Moanas ganze Erscheinung leuchtet und strahlt wie gewohnt aus allen Schuppen. Als sie uns herankraulen sieht, wendet sie sich uns zu und wird für einen Moment etwas ernster. Einen Flossenschlag später lächelt sie uns aber bereits wieder offen und warmherzig an. „Alani und Tayfun! Wie schön, dass ihr gekommen seid!“

Und das ist alles, was sie sagt. Keine Strafpredigt, keine Warnungen, nicht die klitzekleinste Erinnerung an die unschöne Szene gestern. Die Südseenixe wird mir beinahe sympathisch.

Dann schickt sie uns allerdings erbarmungslos in die *Synchron-Arena des Schreckens.* Wie anders sollte man das sonst nennen? Und dieses Mal stellen Tay und ich uns sogar noch ungeschickter an als gestern. Ist ja wohl auch kein Wunder!

Das Kichern um uns herum wird mit jedem unserer verplatschten Flossenschläge lauter. Und meine Stimmung mit jedem Aneinanderrempeln düsterer.

Aber leider höre ich außer dem Kichern noch etwas. Das Surren der Kamera nämlich!

Als Tay und ich endlich zum Rand zurückschwimmen dürfen, sehe ich, wie Madame Moana liebevoll auf die Kamera klopft. „Morgen sehen wir uns zusammen den Film an und können dann genau beurteilen, wie gut wir geschwommen sind!"

Ich schließe die Augen. Ich brauche nicht zu gucken, um genau zu wissen, dass das leise Kichern einiger Glitzermädchen immer noch uns gilt. Tay und mich ein weiteres Mal – nur diesmal auf einem riesigen Muschelmonitor – im Wasser herumzappeln zu sehen, ist bestimmt eine Riesenfreude für die Meerkatzen!

Oh, ich werde so wütend auf diesen dummen Filmapparat, dass ich das Ding am liebsten in die Felsspalte einer Muräne stopfen würde, damit es für immer und ewig in klitzekleine Teile zerhackt wird.

Ohne Zweifel hat Tay ganz ähnliche Gedanken. Sie fixiert die Kamera mit den Augen, als könne sie sie damit zu Meersand zerlegen. Doch das Ding surrt und schnurrt erbarmungslos weiter und weiter.

Am Ende der Stunde ruft uns Madame Moana noch einmal zusammen. „Meermädchen! Bevor ihr alle in eure Gemeinschaftsräume schwimmt, möchte ich bitte noch eine Großaufnahme von jeder von euch machen!“

Ich sehe Maris Matschfisch Meerstern und den meisten anderen an, dass sie das als Ehre betrachten.

Ehre? Ich will meinen Körper nicht vor einer Kamera hin und her drehen und womöglich dabei sogar noch freundlich lächeln müssen. Was bitte soll daran ehrenvoll sein? NEIN! Was zu viel ist, ist zu viel!

Als Madame Moana kurz zu Lakja und Coralia rüberschwimmt, um ihnen noch einmal eine besonders schwere Drehung zu zeigen, lasse ich mich unauffällig zur Kamera hintreiben. Ganz ehrlich, ich weiß nicht genau, was ich vorhabe, aber es zieht mich einfach da hin. Zu dem dummen Ding, zu dem Apparat, der, wenn ich das nicht verhindere, womöglich noch endlosen Generationen von Meermädchen zeigen wird, wie dorschdumm man sich beim Synchronschwimmen anstellen kann! DAS DARF NICHT PASSIEREN!

Tay folgt mir mit den Augen und runzelt leicht fragend ihre Stirn. Doch gleichzeitig liegt ihr bekanntes unternehmungslustiges Grinsen auf ihren Lippen. Als ich die Kamera erreicht habe und meine Hand wie zufällig auf das Muschelgehäuse lege, paddelt sie mit zwei schnellen Armzügen heran.

„Lani! Beim zischenden Meermann, was machst du da?“

„Wieso?“ Ich gucke mich erschrocken um. Beobachtet mich etwa jemand?

Nein. Alle schauen den eleganten – oder anmutigen, wie sie hier sagen! – Bewegungen von Madame Moana zu und machen dabei „Ah!“ und „Oh!“. Keiner guckt? Sandig, dann kann ich ja loslegen.

„Lani, was hast du vor?“ Tays Stimme ist erschrocken und hoffnungsvoll zur gleichen Zeit.

Was ich vorhabe? Keine Ahnung.

Doch … doch, vielleicht habe ich eine Ahnung. Ich glaube … ich glaube, ich bin fest entschlossen, dieses Ding kaputt zu hauen. Die Aufzeichnung unserer Schande zu vernichten! Das kann man mir ja wohl nicht übel nehmen!

Etwas ungeschickt fummele ich an den vielen Knöpfen herum. Wie kriegt man so einen Apparat eigentlich auf?

Gerade als ich einen vielversprechenden Hebel gefunden habe, unterbricht Madame Moana ihre Vorführung mitten im schönsten Salto. „Alani!

NICHT! Wenn du das aufmachst, kommt Wasser in die Kamera und die ganze Technik geht kaputt. NIIICHT!“

Vor Schreck lasse ich meine Hand sinken.

Aber wieso mache ich das? Ich bin doch wohl zu dorschdusselig! Wie kann man denn bloß so brav sein! Ich will doch, dass das blöde Ding kaputtgeht!

Madame Moana dreht sich mit einem Seufzer und einem erleichterten Lächeln wieder zu Lakja, Coralia und ihrem restlichen Fanclub um und ich treibe wieder unbeobachtet neben der Kamera. Soll ich jetzt doch?

Aber bevor ich das tun kann, was ich wirklich gerne tun würde, tut es Tay. Sie öffnet den Hebel und damit die Kamera! Geht ganz einfach. Und

– SSSSST! – strömt schönstes Meerwasser in die Muschelschalen und umhüllt die Drähte innen auf wundervolle und zerstörerische Art und Weise.

Tay und ich lächeln zufrieden.

„Los, gib mir fünf! Alani und Tay, die unschlagbaren zwei!“, flüstert Tay.

„Freundinnen für immer!“, flüstere ich.

Und – KLATSCH! – knallen unsere Handflächen gegeneinander.

„Der Anti-Schimmel-Club hat zugeschlagen!“, kichert Tay.

„Und das ist erst der Anfang!“, gluckse ich zurück.

in miss manatis' korallengrotte

Leider haben wir nicht allzu viel Zeit, uns zu freuen.

Natürlich hat Madame Moana sofort gesehen, was wir gemacht haben. Und da sie uns kurz vorher extra noch gewarnt hatte, den Hebel auf keinen Fall anzufassen, können wir uns nicht mal rausreden, das nur aus Versehen gemacht zu haben. Die strahlende Südseeschönheit gleicht einem Vulkan, als sie uns auf direktem Weg zu Miss Manatis schleppt. Was zu viel ist, ist sogar für „Madame Kraft und Ruhe“ zu viel …

Meine Hochstimmung von eben sinkt deutlich, je näher wir der Korallengrotte der Direktorin kommen. Eine Strafe wird wohl so unvermeidlich sein wie all das Gequatsche über Anmut hier. Oh, fischige Flossenkrätze!

Drei Wellenschläge vor der Tür von Miss Manatis wünsche ich mir, der fein polierte, mit bunten Mosaikteilchen ausgelegte Meeresboden unter uns würde sich auftun und Tay und mir einen Geheimgang anbieten. Ganz egal, wohin. Zu gern würde ich mich Hals über Kopf dort reinstürzen. Bloß weg hier!

Doch nur wenig später treiben wir im Büro der Direktorin.

Miss Manatis rückt ihre Brille gerade und erhebt sich aus ihrem edlen Manganknollensitz.

„Tayfun Cork und Alani Andros!“ Sie guckt Tay fragend an. „Tayfun, du warst doch erst vor ein paar Stunden wegen des Delfinpolo-Trainings bei Mr Monkfish bei mir?“

Tay nickt und sieht auf den Boden. Sie sieht blass aus. Ich weiß, was sie fürchtet.

Miss Manatis hat keinerlei Verständnis dafür, dass wir nicht für die Ewigkeit festgehalten werden wollten. „Was für eine alberne Vorstellung, Meermädchen! Madame Moana hat diesen Film lediglich für eure Klasse gedreht, niemand sonst hätte ihn zu sehen bekommen. Und es ist immer hilfreich, sich selbst auf Film zu sehen!“

Hilfreich? Nein, danke! Nicht für mich. Ganz sicher nicht. Bis jetzt war ich eigentlich ganz glücklich damit, wie ich aussehe und mich bewege. Da brauche ich keinen Muschelmonitorfilm, der mir die Augen öffnet und mich ohne Zweifel unglücklich macht!

Nun mischt sich Madame Moana ein. „Aber, Alani, du hast Talent! Und was für welches! Und Tayfun, du auch! Ihr beide könntet richtig gut werden. Das hättet ihr deutlich in dem Film sehen können! Dass ihr ständig an die anderen gestoßen seid, lag doch nur daran, dass ihr die Bewegungsfolgen nicht kanntet. Aber doch nicht etwa an fehlender Anmut!"

Anmut! Schon wieder dieses fischstinkige Wort!

Ich grunze wie ein Wal, gebe aber keine Antwort.

Tay entscheidet sich für die gleiche Taktik.

Ich glaube der Südseeschönheit sowieso kein Wort. Bestimmt will sie uns nur Kaviar um den Mund schmieren, damit wir bereuen, was wir getan haben. Ich bereue aber NICHTS! Ich bin seesandfroh, dass diese Kamera uns nicht weiter quälen kann!

Das kann ich nur natürlich hier nicht sagen. Also grunze ich noch mal möglichst unverbindlich und gebe ansonsten weiterhin keinen Ton von mir.

„Tayfun“, spricht Miss Manatis Tay direkt an, nachdem sie eine Weile den Erklärungen von Madame Moana zugehört hat, „wie ich höre, hast DU die Kamera kaputt gemacht und Alani stand nur daneben. Ist das richtig?“

Tay nickt wieder. Und sieht dabei weiß aus wie ein frisch perlmuttgekalktes Klo.

Ich weiß, dass Tay nicht feige ist. Sie hat nur wasserstrudeligen Schiss, dass ihr das geliebte Delfinpolo wieder gestrichen wird, bevor sie überhaupt das erste Mal mitgemacht hat.

Nicht zu Unrecht. Es ist so klar wie Tintenfischbrühe, dass dies die Strafe sein wird, die Miss Manatis verhängt. „Und außerdem …“, die Direktorin zupft ihr enges Kostüm energisch zurecht, „… außerdem werdet ihr beide eine Woche lang morgens vor dem Frühstück in der Küche helfen. Ich möchte vermeiden, dass ihr zu viel Zeit habt, euch überflüssige Sorgen um euer Aussehen zu machen.“

WAS? Ich muss wohl einen entsetzten Schrei losgelassen haben, denn sowohl Miss Manatis als auch Madame Moana hüpfen vor Schreck im Wasser einen Meter höher.

Dann paddelt Miss Manatis schnell wieder runter zu ihrer Manganknolle, schiebt ihre massige Schwanzflosse zwischen die Knolle und ihr

Schreibpult und sieht mich superstreng an. „Kind! Bitte beherrsche dich ein wenig! Wir sind hier nicht unter ungeschliffenen Seegurken!“

Ja, ja, ja, das tue ich ja, so gut ich kann! Aber MEINE MEERWELT, was hat sie gesagt? Vor dem Frühstück? Ich hab nicht wirklich was gegen ein kleines bisschen Abwasch. Aber vor dem Frühstück! Das bedeutet in anderen Worten: vor dem Aufstehen! Rottiger Rattenfisch, das überlebe ich nicht!

Tay ist Frühschwimmerin und kratzt das vermutlich nicht die Meerbohne. Aber sie ist offensichtlich immer noch schockgefroren davon, soeben ihr Delfinpolo-Training verspielt zu haben, dass sie wahrscheinlich gar nicht weiter zugehört hat. Und so schrecklich für mich die Aussicht auch ist, mitten in der Nacht Küchendienst zu schieben, ich kriege richtig Mitleid mit ihr.

Oh, arme Tay! Wie kann Miss Manatis nur so hart sein! Sonst war sie doch immer so nett! Hat sie keine Ahnung, was Delfinpolo für Tay bedeutet? Delfinpolo ist ihr Leben!

Schweigend schwimmen wir aus der Korallengrotte wieder hinaus. Schweigend schwimmen wir die langen Gänge des Internats zurück zu den Tagesräumen. Und schweigend denke ich das erste Mal, dass man die Schönheit von Korallenkrone überhaupt nicht mehr wahrnehmen kann, wenn einem Schmerz im Magen liegt. Und wenn dieser Schmerz *mich* schon tiefer schwimmen lässt, wie muss es Tay dann erst gehen?

Als wir näher zu den Gemeinschaftsräumen kommen und sich die Gänge mit Meermädchen füllen, stoppt Tay ihre Flossenschläge und lässt sich gegen einen Felsschrank treiben. Sie guckt mich an. Und dann bricht sie endlich ihr Schweigen.

Ein Glück! Ich dachte schon, sie hätte wirklich einen schweren Schock bekommen und ich müsste sie in die Krankengrotte bringen.

„Alani?“

„Ja?“

„Ich haue ab.“

tay und ich hauen ab

„Du willst – was?“

„Abhauen! Ich haue ab.“ Tay sieht fest entschlossen aus. Sie hockt auf einem Felsenschrank im Flur und schaut mich von oben bitterernst an.

„Wie, äh, wie meinst du das?“ Ich meine, äh, echt sandige Idee natürlich. Zumindest eigentlich. Theoretisch. Ähm, aber praktisch …

„Ich meine zum verzischten Meermann, dass ich abhaue! Welcher Buchstabe von dem Wort ABHAUEN geht nicht in dein Hirn rein?“ Tay klingt allmählich ärgerlich. „Und zwar jetzt. Und wenn du nicht mitkommen willst, dann brauchst du das nur zu sagen!“

Ich bin einen Moment sprachlos. Jetzt?

Die Schulstunden sind endlich zu Ende, wir hätten zwei Stunden Freizeit bis zum Abendessen und mein Magen knurrt bereits seit einiger Zeit hörbar vor sich hin. Aber wenn Tay so verzweifelt entschlossen ist, möchte sie vermutlich nicht hören, dass ich den Zeitpunkt für nicht allzu ideal halte, weil ich vorher gerne noch essen würde. Also sage ich das lieber nicht.

Tay spielt sofort die beleidigte Seenudel. „Bitte, wenn du lieber mit den Meerglittermädels hier Perlenaufreihen und Seesternbesticken spielen willst, nur zu!“

Okay, gewonnen!

„Könnten wir vielleicht vorher noch die Küche ausräubern? Ich meine, wenn wir sowieso schon Ärger haben und wir eh abhauen, wird das die Sache nicht viel schlimmer machen, oder?“

„Ja, falls du keine halbe Ewigkeit brauchst, um dir ein paar Sardinenfladen zu schmieren!“, gibt Tay zurück. Aber sie sieht sofort deutlich besser gelaunt aus. Anscheinend hat sie nicht viel Lust, meermädchenseelenallein abzuhauen.

Beinahe in alter Frische springt sie vom Schrank runter. „Hoch der Anti-Schimmel-Club!“

„Hoch, hoch, seefontänenhoch!“, gebe ich munter zurück.

„Alani und Tay, die unschlagbaren zwei!“, ruft Tay.

Und „Freundinnen für immer!“ rufen wir lachend zusammen.

Und – PENG! – klatschen wir uns ab.

Keine hundert Flossenschläge später schwimmen

wir auch schon am Meeresboden entlang. Ich mit meinem gelb und rot gefärbten Algenrucksack auf dem Rücken, den Mam mir extra für Korallenkrone geschenkt hat. Voll beladen mit Hummerpudding, Stockfischstangen, ein paar knackig gerösteten Meeraalscheiben und einem dicken Kanten Krabbenbrot. Frische Algen und Seeanemonen können wir uns unterwegs pflücken.

Abzuhauen war seesandeinfach. Miss Manatis hatte zwar überall doppelt so viele Wachposten aufgestellt, um zu verhindern, dass jemand Fremdes ungebeten in unsere Schule kommt, und natürlich darf zurzeit auch keine Schülerin ohne Erlaubnis draußen in der Meerwelt herumschwimmen. Aber die Wachen auszutricksen, war eine unserer leichtesten Übungen!

Während Tay die Lehrerin am Eingang mit Fragen, die sie angeblich schon immer feuerquallenmäßig interessierten, ablenkte („Wie alt sind wohl die untersten Korallenmauern von Korallenkrone?“ oder „Wie viele Grätenpaare hat ein Anemonenfisch nun genau?“), schwamm ich mit meinem Rucksack schnell hinaus und versteckte mich hinter dem ersten Felsen. Von dort aus ließ ich ein paar tote Heringe Richtung Schuleingang treiben und beobachtete, wie die arme Lehrerin verwundert die

Heringe einsammelte. Tay hatte dabei massig Zeit, hinter ihrem Rücken schnell durchzuhuschen.

Meine Meerwelt, wenn es genauso einfach ist, unbemerkt nach Korallenkrone hineinzukommen, dann habe ich wenig Hoffnung, dass Maris Matschfisch Meerstern noch lange in unserer Mitte sein wird!

Arme Maris! Die Vorstellung, dass sie wirklich von irgendwelchen Bösewichten geraubt werden könnte, ist nämlich ziemlich haifischgrottengruselig! Auch wenn ich sie ansonsten nicht ausstehen kann.

„Machen wir dann mal bald ein Picknick?“ Mein Bauch fühlt sich so leer an wie die Schwimmaula bei Nacht.

Tay grinst. „Lani, wir sind gerade erst losgeschwommen!“

„Aber ich hatte schon in Korallenkrone Hunger.“

„Lass uns wenigstens erst ein wenig weg von der Schule schwimmen, ja?“ Tay sieht mich unzufrieden an. „Ich hab keine Lust, direkt in den Schulknast zu wandern, wenn sie uns hier draußen ohne Ausschwimmerlaubnis erwischen.“

„Du meinst, die haben hier einen Knast?“

Tay kichert. „Also echt, Alani! Polo hat recht! Manchmal bist du ein richtiges Weiteste-Weiten-Hinterwäldlermeermädchen!“

Ich gucke sie böse an. Wieso das denn? Bloß, weil ich mal 'ne harmlose Frage gestellt habe?

„Das war ein Witz, Lani!“

Ach ja? Was weiß ich, was Korallenkrone noch Gruseliges zu bieten hat … Na, sehr begeistert wird Miss Manatis aber tatsächlich nicht sein, wenn sie rausfindet, dass wir abgehauen sind!

Als wir durch einen großen Felstunnel hindurch- und noch um einige hohe Felstürme herumgeschwommen sind, ist von Korallenkrone wirklich nicht mal mehr das kleinste Stück Korallenriff zu sehen.

Tay wird endlich langsamer. „Guck mal, ich glaube, dort vorne ist eine Höhle! Wollen wir da unser Picknick machen?“

Ich stimme sofort zu. Mir matschfischegal, wo wir essen. Hauptsache, wir essen!

Wir paddeln zu dem Höhleneingang hin und lugen hinein. Uiii, ist die riesig! Im hinteren Teil ist es sogar so dunkel, dass wir nicht ausmachen können, wie tief sie ist.

Tay ist sofort in Abenteuerstimmung. „Supersandig, die erkunden wir jetzt!“

Doch ich habe Hunger, zum vermatschten Meerfisch! „Nein, wir essen erst!“

Meine Stimme klingt ungewöhnlich bestimmt.

So bestimmt, dass Tay sich tatsächlich brav neben mir auf dem sandigen Meeresboden niederlässt und bereitwillig alles auspackt, was wir mitgeschleppt haben.

Erstaunlich, wie viel man essen kann, wenn man draußen in freier Natur ein Picknick macht, statt auf gewöhnlichen Sitzmuscheln an Tischen zu sitzen und aus langweiligen Austernschalen zu schlürfen. Je mehr sich mein Magen füllt, desto entspannter werde ich.

Und desto abenteuerlustiger werde auch ich! Allerweiteste Weiten der Welt, hier kommen Alani Andros und Tayfun Cork, nehmt euch in Acht! Alani und Tay, die unschlagbaren zwei!

Komme ich etwa doch noch zu meiner Reise durch die sieben Weltmeere?

„Lani! Was war das?“ Tay kneift die Augen zusammen und lauscht. „Da! Hör mal, da ist es wieder!“

„Da ist was?“ Ich lausche ebenfalls.

„Es kommt aus der Höhle.“ Tay schaut ein wenig besorgt ins Dunkel.

Mir krallt sich der Magen zusammen. Tay und ich haben beide genug Erfahrung mit Meerestieren gemacht, denen man nicht unbedingt begegnen möchte. Weder im Hellen noch im Dunkeln.

„Da! Schscht!“ Tay packt meinen Arm und hält mich fest.

Klick-klick, klick-klick-klick!

Ja, jetzt höre ich es auch. Es kommt wirklich aus der Tiefe der düsteren Höhle.

„Tay! Das ist ein Delfin!“

Tay guckt mich ungläubig an. „Ja, das dachte ich eben auch. Aber … was macht ein Delfin in einer Höhle? Der geht doch ohne seine Familie nirgendwohin, wenn er nicht muss.“

„Vielleicht …“ Ich denke den Gedanken gar nicht richtig zu Ende, sondern paddele automatisch los. Ich habe zu lange mit Delfinen gelebt, um nicht bereits am ersten Klick erkannt zu haben, dass mit dem Tier etwas nicht stimmt. Das war kein freund-

liches Begrüßungsklicken. Das war ein schwacher, ein sehr schwacher Ruf. Ein Hilferuf!

Undeutlich nehme ich wahr, dass Tay dicht hinter mir ist. Vor mir ist nichts als Schwärze. Aber das Klicken hört nicht auf. Im Gegenteil – es wird lauter. Wir kommen dem Delfin näher!

„Pass auf, Alani!“, mahnt Tay. „Vielleicht ist er verletzt und schlägt um sich.“

Doch ich höre nicht auf sie. Was Delfine angeht, kenne ich mich besser aus als jedes andere Meermädchen. Schließlich bin ich die Tochter eines Delfinschulenbesitzers!

„Lani! Siehst du ihn?“ Tay rempelt mich aus Versehen von hinten an. RUMMS! „Ich sehe nichts. Nicht eine Fischflosse weit. Siehst du was?“

Klick-klick! Klick-klick-klick!

Das Klicken klingt immer noch schwach. Aber man hört, der Delfin weiß nun genau, dass er nicht mehr allein ist.

Ganz klar, der Delfin ist in Not. Er braucht dringend unsere Hilfe!

finn und eine menge licht

Ich kann nichts sehen. Nur hören.

Das Klicken ist jetzt direkt neben mir. Ich taste mit der Hand seitwärts und … ja, da ist er, der große, glatte Delfinkörper. Ich streiche mit der Hand langsam an seiner Seite entlang, um zu spüren, ob er irgendwo eine Verletzung hat. Ich kann nichts fühlen. Nur den langen, festen Körper.

Das Klicken wird ruhiger, der Delfin scheint wirklich Vertrauen zu mir zu haben.

„Pass auf, Lani!", warnt Tay mich noch mal. „Verletzte Delfine können unberechenbar sein!"

„Dieser hier scheint aber nicht verletzt zu sein", gebe ich leise, um ihn nicht zu erschrecken, zurück.

„Warum hängt er dann dort im Dunkeln?", fragt Tay.

Ja, das wüsste ich auch gern.

Erstens schwimmen Delfine nicht allein in der Gegend rum, sondern nur in Gruppen. Und zweitens können sie nicht wie Meermenschen unter Wasser atmen, sondern müssen regelmäßig auftau-

chen um zu atmen. Wenn sie zu lange unter Wasser bleiben, ertrinken sie.

Das passiert leider immer öfter. Weil die Landmenschen immer mehr und vor allem immer größere Fischernetze in unsere Meere hängen, verfangen sich darin leicht Delfine und können sich nicht mehr daraus befreien. Allein der Gedanke daran macht mich so fischgrottig wütend auf die Landmenschen, dass ich meine Fäuste balle und meine Zähne aufeinanderpresse.

Sofort wird das Klicken neben mir wieder besorgter. Delfine sind die sensibelsten Wesen, die ich kenne. Sie nehmen jede Stimmung sofort wahr.

„Alles gut, mein Kleiner, alles in Ordnung!“, versuche ich ihn zu beruhigen.

Aber in Ordnung scheint er nicht wirklich zu sein. Wenn ich nur wüsste, was mit ihm los ist!

Und dann merke ich es. Denn ich kann deutlich spüren, dass er immer wieder versucht wegzuschwimmen, ihn aber irgendetwas zurückhält. Er hängt fest! Wie die armen Tiere in diesen Fischernetzen der Landmenschen!

Aber hier, in den Tiefen einer Höhle, kann doch kein Netz sein! Was hindert den Armen also daran, wegzukommen?

Sein Klicken klingt schwach. Viel Atemluft

scheint er nicht mehr übrig zu haben. Ich muss mich beeilen.

„Tay! Er hängt irgendwo fest! Komm her und hilf mir!“

Der Delfin hält ganz still, als wir beide an seinem Körper entlangtasten. Wenn wir nur ein wenig mehr sehen könnten!

„Es muss auf der anderen Seite sein!“, vermute ich.

Wir tauchen unter ihm hindurch, was nicht ganz einfach ist, weil er aus irgendeinem Grund eng an die Felswand geklemmt zu sein scheint.

Aber dann – ganz am Ende seines langen Körpers – kann ich endlich fühlen, warum der Delfin hier so elend gefangen ist: Der größte Teil seiner Schwanzflosse klemmt unter einem Felsen!

„Oh, Tay! Es muss einen Felsrutsch gegeben haben, der ihn beinahe unter sich begraben hat!“

„Ja“, antwortet Tay neben mir im Dunkeln. „Das denke ich auch.“

Sie rüttelt an dem Stein. „Wir müssen versuchen, den Fels ein kleines Stück zu bewegen, damit er seine Schwanzflosse rausziehen kann. Komm! Schnell!“

Wir fassen beide an der gleichen Stelle an. „Eins – zwei – UND!“

Nichts.

„Noch mal!“

Der Delfin neben uns klickt lauter als vorher. Fast, als wolle er uns anspornen. Oder ist es nur ein allerletzter Hilferuf?

„Eins – zwei – UND!“

Da! Der Felsbrocken hat sich ein winziges bisschen bewegt! „Noch ein Mal! LOS!“

Ich klopfe dem Delfin aufmunternd die Seite. „Pass auf, Kleiner, gleich bist du frei!“

Dann fasse ich wieder den Stein an. „Eins – zwei – UND!“

Und – PENG! – knallt der Felsbrocken runter, als wir wieder loslassen.

„Wir haben es geschafft! Er ist frei!“

Der Delfin hat nicht eine Wellenlänge lang gezögert. Als er gespürt hat, dass der Stein sich bewegt, war er raus. Wie ein Torpedo zischte er weg.

„Wo ist er?“ Tay und ich paddeln langsam wieder zum Höhlenausgang hin. Zum Licht.

Ich kann den Delfin nirgends sehen. „Er ist weg. Aufgetaucht vermutlich, um Luft zu schnappen.“ Immerhin kann ich nun Tay neben mir wieder erkennen.

Wir lächeln beide. Froh, dass wir einem Delfin das Leben retten konnten. Aber auch ein wenig traurig. Ich meine, ich hätte ihn wenigstens gerne einmal kurz angeguckt!

Aber es ist verständlich, dass der Ärmste sich nicht höflich mit Flossenschlag bei uns bedankt hat. Erstens ist ihm vermutlich wirklich vor Luftknappheit beinahe die Lunge geplatzt. Und außerdem sind frei lebende Delfine wilde Tiere, die nicht höflich wie Sofakissen-Seepferdchen dressiert sind.

Trotzdem ist es schade.

Ein wenig wortkarg packen wir den Rest unseres Picknicks zusammen, verstauen die Sachen in meinem Rucksack und schwimmen langsam weiter.

Eine Weile kraulen Tay und ich schweigend durch die schillernde Unterwasserwelt. Zweimal geraten wir mitten in einen Schwarm Anemonenfische und ein paarmal zischen sogar einige wilde Delfine über uns hinweg. Automatisch gucke ich hoch und mustere jeden von ihnen. Aber ich bin sicher, der, dem wir gerade das Leben gerettet haben, ist nicht dabei.

„Tay, wo wollen wir eigentlich hin?“

„Wir suchen einen Platz für die Nacht.“

Nacht? Es ist noch nicht mal wirklich Abendessenszeit und überall flutet Licht durch das schimmernde Meerwasser hindurch.

Einen kleinen Moment lang drehe ich mich auf den Rücken, schließe genießerisch die Augen und lasse mich in den Strahlen treiben. Tay kommt auf mich zu und legt sich neben mich.

„Besser als das dorschdusselige Synchrongezappel, oder?“, grinst sie mit halb geschlossenen Lidern.

Ich öffne ein Auge und grinse zurück. „Das kann man wohl sagen!“

Ich liebe es, in Sonnenstrahlen zu baden. Nicht, dass ich schon oft so nah an der Wasseroberfläche gewesen wäre! In den weitesten Weiten der Weite bekommt man von der Sonne nur wenig zu sehen. Aber an die wenigen Male kann ich mich genau erinnern.

Ich denke an schöne Sonntagsausflüge mit Mam, Pap und Sassi, als wir in den Strahlen Fangen gespielt haben, und seufze gerade genüsslich, da rempelt mich etwas von hinten volle Wasserkante an! Grundgütiges Meerwasser!

Mit einem haifischschrillen Schrei richte ich mich auf und drehe mich um. Und …

… sehe direkt in das lachende Gesicht eines Delfins. Unseres Delfins!

Mein Schrei verwandelt sich in einen Jauchzer. Er ist zurückgekommen! Er will sich bedanken! Oh, wie wunderbar!

Tay lacht ebenfalls glücklich und krault ihn zwischen seinem Atemloch und den Augen, genau da, wo Delfine es gerne mögen. „Hallo, Kleiner, nett, dich wiederzusehen!“

Der Delfin klickt und klackt aus Leibeskräften.

Vor Freude atme ich tief durch, denn er hat sich offensichtlich wieder vollkommen erholt.

Als wir jetzt langsam weiterschwimmen, bleibt der Delfin dicht neben uns.

„Den werden wir nicht mehr los!“, meint Tay.

Aber ich merke, dass ich das auch gar nicht will. Wie gern ich einen eigenen Delfin hier hätte! Wie sehr ich unsere Delfine zu Hause vermisse!

„Wollen wir ihm einen Namen geben?“ Ich gucke den Delfin an. „Hey, du, willst du einen Namen haben?“

Der Delfin klickt und klackt, kippt seinen Kopf rauf und runter und macht allerlei Faxen.

Ich lächele. „Hm, ich finde, du siehst genau aus

wie ein …“ Ich muss nur kurz überlegen. „… wie ein Finn! Hm, was meinst du, Tay?“

Tay stoppt und streichelt den Delfin. „Ja, das klingt gut! Finn!“ Sie guckt ihm in die Augen. „Na, Finn? Gefällt dir der Name?“

Finn wirft den Kopf noch mal nach oben und klickt nach Leibeskräften.

Also ehrlich, manchmal könnte man glauben, dass Delfine einen verstehen können! Gegen den Namen scheint er jedenfalls nichts zu haben. Ganz im Gegenteil!

Wir schwimmen zu dritt durch das schimmernde Wasser. Als wir durch eine Seegraswiese kraulen, scheuchen wir Dutzende von gut getarnten Feilenfischen auf. Sie wutschen hektisch in Zickzackbewegungen weg. Tay, die fischfreche Seenixe, scheucht die armen Viecher vor sich her. Fast so, als ob sie wieder fünf Jahre alt wäre.

Wir lachen. Abhauen macht Spaß!

Wir lassen unsere Nasen noch ein wenig von den Strahlen im Wasser kitzeln und quatschen ein bisschen über die Welt der Landmenschen. Bei ihren vielen Reisen zu Delfinpolo-Wettbewerben hatte Tay schon ein paarmal Gelegenheit unbemerkt aufzutauchen. Jetzt sprudelt sie ungebremst wie ein Unterwasserspringbrunnen los.

Wie die Sonne über Wasser leuchtet, so wie ein einziger gelber Feuerball – hoch oben in diesem endlos hohen Himmel, höher, als man sich vorstellen kann! Wie anders alle Geräusche über Wasser klingen. Und wie es ist, komplett wassertrockene Luft auf den Schuppen zu spüren. Oder was Wind ist. (Ich muss zugeben, diesen Punkt habe ich nicht richtig verstanden. Wie soll es etwas geben, das einem über den Körper fegt und auf der Haut kitzelt, aber man kann es nicht sehen? Das ist ja fast ein bisschen unheimlich!)

„Stimmt es denn, dass auch Meermenschen Beine wachsen, wenn sie an Land sind?", frage ich neugierig.

Tay macht ein geheimnisvolles Gesicht. Dann raunt sie mir fast verstohlen ins Ohr (dabei ist doch außer Finn gar keiner hier, der uns hören könnte): „Also mir ist das zwar noch nie passiert. Aber ich bin sicher, das liegt nur daran, dass ich immer darauf geachtet habe, meinen Fischschwanz zum größten Teil im Wasser zu halten. Aber ehrlich, Lani, ich glaube fest daran, dass es das wirklich gibt! Dass aus einer Schwanzflosse ein Paar Beine werden kann!"

Ich gucke ungläubig. Doch ich höre weiter atemlos und staunend Tays Erzählungen zu. Und merke, wie die Neugier und auch ein wenig Sehnsucht in meinem Bauch zu kribbeln beginnen.

„Echt, Tay, du klingst, als würdest du die Welt über Wasser schöner finden als unsere!", ziehe ich Tay ein bisschen auf.

„Nein, auf gar keinen Fall!" Tay lacht und schüttelt heftig ihre kurzen Haare. „Die Welt über Wasser ist nur einfach total anders. Mit unserer überhaupt nicht zu vergleichen." Sie macht eine kurze Pause zum Nachdenken. Dann lächelt sie. „Aber … schon auch … wunderschön."

Ich seufze. „Oh, das würde ich sooo gerne mal sehen!"

Tays Miene wird frecher. „Warum machst du's dann nicht?"

„Was?“

„Na, dir die Welt über Wasser angucken!“

Ich kichere etwas unsicher. Wie meint sie das denn nun? Tay weiß doch genau, dass das allerstrengstens verboten ist. Ohne Erlaubnis darf kein Meermensch auftauchen! Das hat nichts mit Korallenkrone oder irgendeiner anderen Schule zu tun, das ist in der ganzen Meerwelt die erste Regel, die man lernt. Die gilt überall und für jeden.

Und Mam und Pap haben Sassi und mich ebenfalls so erzogen. Die Nasenspitze über die Wasseroberfläche halten? Nein, das geht gar nicht!

„Lani!“ Tay klingt, wie so oft, abenteuerlich und spöttisch zugleich. „Rostiger Rattenfisch! Du hast doch nicht etwa schon wieder Schiss?“

Angst? ICH?

Also ehrlich, so was lässt sich Alani Andros nicht sagen!

„Pfff, nicht die Meerbohne!“

„Na, dann los!“ Tay sieht mir unternehmungslustig in die Augen.

Los? Äääähm …, fluppiger Flossenschlag! Kann ich jetzt noch Nein sagen? Ich schlucke tapfer. „Klar, klar! Ich bin bereit! Zeig mir, wo's langgeht!“

„Na, wohin wohl? Nach oben!“, lacht Tay.

Und schon breitet sie ihre Arme aus, fegt ihre

kräftige Schwanzflosse wirbelnd durchs Wasser und schwimmt mit schnellen Zügen aufwärts.

Und Finn und ich hinterher.

Höher und höher.

Den Sonnenstrahlen entgegen!

in verbotenen höhen

Das Wasser wird immer heller. Durchsichtiger. Leuchtender. Fast weißlich leuchtend. Ist die Sonne etwa weiß?

KLATSCH!

WOW! Was für ein unfassbar seesandig-strudeliges Gefühl! Mit einem PENG! sind wir durch die Wasseroberfläche gebrochen und halten jetzt unsere Köpfe über Wasser. In endloser Luft. In Sonnenstrahlen, die plötzlich so hell sind, dass ich einige Wellenlängen lang die Augen schließen muss, um nicht geblendet zu werden. Meine Meerwelt!

„Oh, Tay!" Mehr kann ich nicht sagen. Mein Hals ist wie zugeschnürt und mein Herz rast, so überwältigt bin ich. Ich schlucke … und schlucke. „Oh, Tay! Tay!"

Ich blinzle und sehe mich genauer um. Wasseroberfläche, so weit wir gucken können.

Ich hatte ja keine Ahnung, wie wunderschön das Wasser auf der Oberfläche aussieht. Wie kleine Gischtkronen miteinander rangeln, wie die Wellen

Berge bilden, wie … Oh, meine Meerwelt! Mir setzt fast das Herz aus. Denn in diesem Moment gucke ich das erste Mal ganz hoch und sehe … den HIMMEL!

Heiliger Neptun!

Blau. Der Himmel ist blau. Blauer als jedes Wasser. Luftblau eben. Mit kleinen weißen Wölkchen, die aussehen, als wären sie dort hingemalt worden. Genauso wie ich es in vielen, vielen Muschelmonitorfilmen gesehen habe. Nur, dass ich keine Ahnung hatte, wie es sich … anfühlt!

Luft auf meinen Armen, in meinem Gesicht! Wind! Eine leichte, sanfte Brise!

Endlich fühle ich, was diese Wörter bedeuten! Nein, das konnte Tay nicht beschreiben – man muss es erleben. Ich bin so aufgewühlt, dass mir Wassertropfen in den Augen stehen. Oh, ich könnte ewig hier treiben und staunen. Doch plötzlich höre ich ein merkwürdiges Geräusch. Ich drehe mich zur Seite und sehe … NEIN! Meermatschige Sandgarnele!

Polo, Jolvo und Sinnakus hängen in einiger Entfernung im Wasser und kringeln sich vor Lachen. Anscheinend haben sie in Redriff keine Ausgangssperre.

„Hahaha, Alani, du Weiteste-Weiten-der-Weite-Meermädchen!“, brüllt Polo zu uns rüber. „Schon mal einen Kugelfisch mit Maulsperre gesehen? Möchtest du einen Spiegel haben? Höhöhöhö!“

Ich klappe meinen Mund augenblicklich zu. Oh, diese fischfiese Matschbacke! Ich werfe Polo einen tintenfischfinsteren Blick zu. Doch der lässt die Jungen nur noch lauter kichern.

Da höre ich Tay neben mir losprusten. Und dann kann ich auch nicht mehr an mich halten. Ich muss wohl wirklich urkomisch ausgesehen haben!

„Wem habt ihr denn den Delfin geklaut?“, fragt Jolvo nach einer Weile und streicht Finn über die Seite. „Tolles Tier!“

Ist er das? Für mich ist er nur der Delfin, den wir gerettet haben. „Meinst du, er gehört irgendjemandem? Das ist bestimmt ein wilder Delfin.“

„Ein wilder Delfin?“, meint Polo. „Nie im Leben. Sonst wäre der doch nicht so zutraulich.“

Stimmt auch wieder. Aber zurückbringen können wir ihn wohl kaum, denn solange Finn nicht reden kann, können wir auch nicht herausfinden, wer sein Besitzer ist. Und wenn Finn nicht von allein nach Hause schwimmen will – ich werde ihn jedenfalls nicht wegscheuchen. Wie wunderwasserweltenschön, endlich wieder einen Delfin neben mir zu haben!

Wir lachen und planschen alle fünf ausgelassen

in den Wellen, lassen uns auf der glitzerigen Oberfläche des Wassers treiben und schauen Finn zu, der gewaltige Sprünge über Wasser macht. Und …

… dann sehe ich, dass die Sonne knallrot geworden ist. Genau so, wie Tay erzählt hat. Wie ein knallroter Feuerball!

Wie kann so etwas passieren? Eben war sie noch warm und gelb und jetzt scheint sie viel, viel weiter weg zu sein, ist dunkelrot und versinkt … im Meer.

„Die Sonne versinkt im Meer!“, schreie ich aufgeregt. „Oh-oh, schnell! Lasst uns hinschwimmen und sie ansehen! Kommt!“

Tay, Jolvo, Polo und Sinnakus explodieren fast vor Lachen. Sie können sich schier nicht mehr halten.

Was bitte war so komisch daran?

Netterweise erklären sie es mir einen Wellenschlag später.

„Hast du denn in Landmenschenkunde überhaupt nie aufgepasst?“, gluckst Sinnakus, der albernste von den dreien. „Weißt du nicht, dass die Erde rund ist?“

Na gut, Landmenschenkunde ist wirklich nicht meine Stärke.

„Die Sonne geht nicht im Meer unter“, erklärt Jolvo, „die Erde dreht sich bloß weiter und wir können die Sonne irgendwann nicht mehr sehen.“

„Ah …“, mache ich. Weil mir vage dämmert, das tatsächlich schon mal gehört zu haben. Na ja, man kann ja nicht alles wissen! Dafür kenne ich mich mit Delfinen bestens aus!

Weil mir die ganze Sache doch ein wenig peinlich ist und ich Tay und die Jungen auf andere Gedanken bringen will, greife ich schnell nach Finns Rückenflosse und halte mich daran fest. Und ab rauschen wir durchs Wasser! Und weiter und weiter, dem roten Feuerball entgegen.

Nach einer Weile lasse ich mich erschöpft von Finn runterrutschen und sehe mich nach den anderen um. Weit, weit hinter mir kann ich ihre Körper aus den Wellen auftauchen und wieder eintauchen sehen. Ich grinse zufrieden. Sie werden noch viele Wellenschläge brauchen, bis sie bei mir sind.

Ich lege mich auf den Rücken, lasse mich treiben und schaue mir noch einmal die neue Welt um mich herum genau an. Und sehe plötzlich eine Insel vor mir.

„Finn!“ Ich pfeife durch die Zähne, wie ich es unter Wasser mache, wenn ich zu Hause Jinni und Lu, meine Lieblingsdelfine, rufe. Nur, dass das Geräusch hier über Wasser ganz anders klingt. Ich schrecke bei der ungewohnten Lautstärke richtig zusammen und muss dann lachen. Alles, wirklich alles ist anders in dieser wasserlosen Welt!

Finn zischt wie ein Torpedo mit Fernsteuerung heran. Und – WUSCH! – habe ich wieder seine Rückenflosse gegriffen und donnere mit ihm über Wasser zu der Insel hin. Wenn ich schon was Verbotenes tue, dann will ich mir bitte auch alles ganz genau ansehen!

Meine Schwanzflosse wippt auf Finns Rücken auf und nieder und die Gischt spritzt mir ins Gesicht. Huiii, macht das einen seesternmäßigen Spaß!

Kurz vor der Insel lasse ich mich wieder ins Wasser gleiten und kraule vorsichtig näher heran. Auf einem Strand am Rand der Insel sehe ich nämlich Menschen. Echte Landmenschen! Mit echten Beinen! Nicht mit solchen Theaterbeinen, wie Polo und Sinnakus sie vor unser Fenster gehalten haben!

Ich schwimme näher und näher. Das sind Jungen, ganz klar! Vermutlich nur wenig älter als ich. Aber was machen sie da nur?

Sie haben merkwürdige bunt angemalte Bretter unter dem Arm, mit denen sie jetzt ins Wasser laufen. Was soll das? Haben die hier Bretter als Haustiere, mit denen sie schwimmen gehen? Was haben die Landmenschen bloß für verknotete Ideen!

Aber nein – knalliger Kugelfisch und dreimal verknackster Haiknochen! –, mir bleibt doch mal wieder der Mund offen stehen! Diese Landjungen schwimmen nicht *mit* ihrem Brett. Auf den größten Wellen weiter draußen im Meer schwingen sie sich plötzlich *darauf* und stehen dann keinen Flossenschlag später mit ihren beiden Beinen fest auf den Hölzern. Als wären sie plötzlich dort angewachsen ... und reiten so auf den Wellen!

Ja, wirklich, sie reiten auf dem Wasser! Anders kann man das nicht nennen!

Mir ist es schuppenschnuppe, ob Jolvo oder Polo oder Sinnakus mich jetzt hier so kugelfischstarr staunend sehen. Denn ich kann mich im Moment sowieso auf nichts anderes konzentrieren. Jolvo, Polo, Sinni und Tay könnten neben mir Saltos machen, ich würde es nicht mal merken.

Denn gerade eben sind die Landjungen auf ihren

bunten Brettern direkt neben mir vorbeigeritten. Ich konnte mich gerade noch unter Wasser ducken, damit sie mich nicht sehen. Aber ich glaube, die haben sowieso auf nichts anderes geachtet als auf die Welle unter sich.

UAAAAH! Wenn sie nur ein klein wenig wackeln, werden sie herunterfallen und die Welle wird sie unter sich begraben und wie in einem riesigen Meerstrudel durchs Wasser wirbeln.

Mir zieht sich vor Angst der Magen zusammen. Diese empfindlichen Landmenschen sind bestimmt nicht für harte Wasserstrudel gemacht. Da brechen doch ihre langen Beine ab! Und was dann? Die haben doch nicht mal einen vernünftigen Fischschwanz, um damit zu schwimmen. Aber bitte! Wenn sie es nicht lassen können …

Jetzt reitet der letzte der Jungen an mir vorbei. Und – mein Meerherz! – das ist überhaupt kein Landjunge! Das ist ein Meerprinz! Ein echter Meerprinz!

Knallblonde Haare, ein braun gebrannter Körper und … zwei lange, kräftige Beine in leicht gebeugter Haltung – perfekt auf dem Brett balancierend. Mit weit ausgebreiteten Armen fliegt er dahin, als wäre er Neptun selber.

Mein Herz schlägt schnell und flirrend wie die

Seitenflossen eines Kolibrifisches. Ich fühle mich, als hätte ich zehn Kilo Quallengelee gegessen. Bibbern meine Lippen genauso, wie meine Hände zittern? Oh, hoffentlich brauchen Tay und die anderen noch eine Weile, sonst ziehen die mich mit meinem ohne Zweifel wieder kugelfischweit aufstehenden Mund noch die nächsten Jahre auf!

Ich atme so ruckartig ein, dass ich Wasser schlucke und anfange zu husten. In diesem Moment gleitet der Meerprinz in seichterem Wasser von seinem Brett, setzt sich darauf, paddelt ein wenig auf der Stelle und guckt plötzlich zu mir rüber. Direkt in meine Augen. Guckt und guckt. Keine sieben Wellenschläge entfernt.

Und da ich sowieso nichts anderes mehr kann, als ihn anzuschauen, schaue ich zurück. Direkt in seine Augen. Und vergesse völlig unterzutauchen.

Er hat blaue Augen. So blau, wie der Himmel eben noch war.

Jetzt ist der Himmel rot. Korallenrot wie sonst nur das Riff. Endloses Feuer über uns. Er schaut und ich schaue.

Welche Farbe haben eigentlich meine Augen?

Und dann tauche ich endlich ab. Tief, tief, tiefer herunter. Viel zu spät.

Ich kann nicht glauben, dass ich mich einem

Landmenschen gezeigt habe! Mein Herz rast immer noch, aber das Wasser um mich herum beruhigt mich etwas.

Ich schaue und schaue. Anemonenfische, eine Seegraswiese, ein paar Doktorfische. Alles vertraut, so vertraut – was für ein Glück, wieder hier unten zu sein! Kein Wunder, dass das Auftauchen streng verboten ist! Man ist über Wasser ja praktisch nicht mehr zurechnungsfähig!

Wo sind eigentlich die anderen? Die hätten mich doch schon längst erreichen müssen? Und wo ist Finn?

Ich pfeife nach ihm und höre gleich darauf das bekannt zischende Unterwassergeräusch. Gut. Sehr gut. Alles, was vertraut ist, ist gut.

Doch mein Herz rast noch immer. Ungebremst. Und meine Augen können dieses Himmelblau nicht vergessen. Das Himmelblau in den Augen des Meerprinzen …

viel zu viele gefühle auf einmal …

„Alani! Hier!“ Polo, Tay und die anderen sitzen auf einem Unterwasserfelsen und winken mir zu. „Endlich!“ Das erste Mal grinsen sie nicht, sondern sehen besorgt und fast ein bisschen vorwurfsvoll aus. „Was hattest du vor? Wolltest du als Schauobjekt in einem Landmenschenzoo ausgestellt werden?“

„Wie?“

„Also ehrlich, Lani!“ Polo schaut mich richtig böse an. „Weiteste Weiten und blaba, aber so dumm kannst du doch nicht sein!“

Dumm? Weil ich …

Na ja, ich bin tatsächlich etwas sehr nah an die Landmenschen herangekommen. Aber sie sahen ja gar nicht gefährlich aus. Ich meine, die hätten mich doch niemals gefangen und …

„Mach das nie wieder!“ Auch Tay guckt mir ernst, sehr ernst in die Augen. „Was hast du dir dabei gedacht? Sollte das eine verrückte Mutprobe werden?“

Verrückt? Ja, wahrscheinlich. Ein bisschen. Aber Mutprobe? Nein. Mein Hirn … mein Hirn hat sich nur komplett ausgeschaltet, als ich den Meerprinzen gesehen habe. Doch Tay im Beisein der Jungs davon zu erzählen, ist bestimmt keine gute Idee.

„Tut mir leid“, murmele ich deshalb nur kleinlaut und schwimme hinter den anderen her.

Finn fegt so munter um uns herum, dass man glauben könnte, er kenne uns alle seit Jahren.

„Der hat jedenfalls nicht vor, zu seinem Zuhause zu schwimmen“, stellt Sinnakus fest.

Als würde Finn ihm recht geben, stupst er Sinni freundlich in die Seite und bietet ihm dann seinen Rücken an. Und Sinnakus versteht die Aufforderung.

„Danke, Kumpel!“, ruft er und hängt sich bereitwillig an Finns Rückenflosse.

Polo und Jolvo grinsen. Sinnakus ist nicht gerade schlank wie Seegras und der Ärmste keuchte schon seit längerer Zeit bei unserem Tempo.

An der Höhle, in der wir Finn gefunden haben, machen wir eine Pause.

„Und ihr wollt wirklich abhauen?“, fragt Jolvo.

Tay nickt entschlossen.

„Verzischter Meermann, Tay!“, schnaubt Polo da. „Ich kann nicht glauben, dass du so leicht aufgibst!

Du willst doch Delfinpolo spielen! Wie sollst du das, wenn du abhaust?“

„Und wie soll ich Delfinpolo spielen, wenn es mir gerade verboten worden ist?“, schnappt Tay zurück.

Polo kneift die Augen nachdenklich zusammen. „Warte, mir fällt bestimmt was ein! Du könntest … du könntest …“ Seine Augen leuchten auf. „Ja, ich weiß! Ich hab eine Idee! Oh, ich hab sogar eine fischfettgute Idee, höhöhö!“

„Ach ja?“, fragen Tay und ich wie aus einem Mund. „Was für eine Idee denn? Sag schon, Polo! Spuck's aus!“

Doch Polo grinst sein breitestes, fischfrechstes Grinsen. „Schwimmt zurück nach Korallenkrone! Und mach dir keine Sorgen, Tay! Wir treffen uns am Wochenende in der Sandperle. Dann werde ich dir ganz genau erklären, wie du ohne Probleme bei uns mittrainieren kannst.“ Er sieht äußerst selbstzufrieden aus. „Und vor allem: Es wird kein einziger Meermensch merken!“

„Wie soll das wohl gehen?", grunzt Tay wenig später muffelig vor sich hin. „Wie soll ich in einer Mannschaft trainieren, ohne dass der Trainer das merkt? Was für ein Quallenquark!"

„Keine Ahnung", antworte ich. „Aber ich habe das Gefühl, dass Polo sich wirklich was ausgedacht hat. Und meistens …", ich schmunzle, „… funktionieren seine Ideen, oder?"

Tay zuckt mit den Schultern. Dann scheint sie nachzudenken. „Na schön, bis zum Wochenende halte ich noch durch. Aber wenn er am Samstag in der Sandperle nicht wirklich ein haifischfettes Ding auf Lager hat, dann bin ich weg!" Sie guckt zu mir rüber. „Kann ich dann wieder auf dich zählen?"

Ich ziehe eine Grimasse. „Klar! Der Anti-Schimmel-Club hält zusammen!"

„Alani und Tay?"

„Die unschlagbaren zwei!", ergänze ich. „Freundinnen für immer!"

Tay strahlt. Und – PENG! – klatschen wir uns ab.

Wir haben uns schon vor einiger Zeit von den Jungen verabschiedet und kraulen tatsächlich weiter runter nach Korallenkrone. Wenn wir Glück haben, kommen wir noch vor dem Schlafengehen dort an. Dann brauchen wir nur sagen, dass uns nicht gut war und wir deshalb nicht zum Abendessen geschwommen sind. Und wenn niemand gesehen hat, dass wir draußen waren, kriegen wir auch keinen weiteren Ärger. Das hoffen wir zumindest.

Neben uns versucht Finn, auf sich aufmerksam zu machen.

„Er will nicht weiter mitschwimmen“, vermutet Tay.

„Stimmt“, nicke ich und werde ein bisschen traurig. Auf der anderen Seite hätten wir ihn nach Korallenkrone sowieso nicht mitnehmen können. Ich streichle ihn zum Abschied. „Auf Wiedersehen, Finn, du Guter!“

Finn schnattert und klickt und wirft seinen Kopf auf und nieder.

„Ob wir ihn noch mal wiedersehen werden?“, fragt Tay.

Die gleiche Frage stelle ich mir auch gerade. Aber Delfine kann man nicht halten. Das habe ich von Pap gelernt. Also versuche ich mein Bestes, nicht allzu unglücklich auszusehen. „Gute Reise, Finn! Wo immer deine Reise hingeht!“

Als wir weiterschwimmen, fühlt sich mein Magen an wie eine bunt gemischte Fischpfanne. Na gut, ein bisschen Hunger habe ich auch schon wieder, aber vor allem … vor allem sind da eine Menge Gefühle in meinem Bauch. Viele, viele Gefühle. Kann man manchmal … einfach zu viele Gefühle auf einmal haben?

„Hey, Lani!“ Tay schubst mich freundlich beim Schwimmen an. „Was geht dir schon wieder im Kopf rum? Sag nicht, schon wieder dieser … dieser Feuerschwanz, der Vertreter von deinem Vormund, den du bei deinen Eltern gesehen hast. Wie heißt der noch mal?“

„Joruna Nort.“

Tay nickt. „Genau.“ Sie sieht nachdenklich aus. „Keinen Schuppenschimmer, wieso, aber irgendwie kommt mir der Name doch bekannt vor.“ Sie überlegt einen Moment. „Ich weiß nur nicht, wo oder wann … hm… Muss vielleicht bei einem dieser Geschäftsessen von meinem Vater bei uns zu Hause gewesen sein. Ich bin fast sicher, ich habe den Namen schon mal gehört.“

„Ach ja?“ Komisch, gerade jetzt bin ich überhaupt nicht an dem barschblöden Joruna Nort interessiert. In meinem Bauch quirlen die wildesten Gefühle wie Fischbrei herum, aber – danke! – an Joruna Nort hatte ich tatsächlich gerade ein paar Stunden lang nicht gedacht.

„Na, so sehr beschäftigt der dich anscheinend nicht mehr!“ Tay sieht beinahe enttäuscht aus.

„Och“, mache ich. Weil es natürlich schon noch das im Moment wichtigste Thema in meinem Leben ist. Wer dieser Mr Unbekannt ist und überhaupt. Aber gerade jetzt …

„Mir gehen grad so’n paar andere Sachen im Kopf rum.“

„So?“, fragt Tay und stoppt mich. „Na, dann mal raus mit den Hirnkrabben!“

Sie fängt an, mich wie wild zu kitzeln. „Los, los, raus damit! Es hat was mit der Insel zu tun, oder? Da war irgendwas! Ich hab’s genau an deinem Gesicht gesehen, als du zurückkamst!“

„Hihihihi, echt? Hihihiiilfe, hör auf! Hihihiiii!“

Aber Tay ist gnadenlos. Sie lässt erst locker, als ich tatsächlich anfange zu erzählen. Von bunten Holzbrettern und wellenreitenden Landjungen.

Und von einem Himmelblau, das blauer ist, als jeder Himmel je sein könnte …

Tay wird ganz leise, und als ich zu Ende erzählt habe, lächelt sie. Und macht das erste Mal keine Sprüche.

„Matschige Matschmakrele, Lani“, sagt sie fast feierlich, „du hast dich verliebt!“

Ich seufze aus tiefstem Herzen. Ist das so? Fühlt sich so Liebe an?

Mein Magen rumpelt und rumort immer noch

wie Mams alte Waschmuschel. Alles wirbelt kunterbunt durcheinander.

Die Angst vor noch mehr Ärger, wenn wir gleich nach Korallenkrone zurückkommen. Die Freude, Finn begegnet zu sein, und die Traurigkeit, ihn wieder schwimmen haben lassen zu müssen. Und natürlich am allermeisten … der Meerprinz.

„Hast du nicht gestern Nacht noch gesagt, von Meerprinzen träumt man allerhöchstens, in der Wirklichkeit gibt es die nicht?“, lacht Tay.

Gibt es auch nicht!, denke ich. Bestimmt war das alles nur ein Traum.

Und überhaupt – ich werde ihn ja sowieso nicht wiedersehen. Wie sollte ich auch?

Unter uns kann ich bereits Korallenkrone auftauchen sehen. Die roten, türkisfarbenen und gelben Korallentürme sind mir bereits richtig vertraut. Sie sehen sogar fast freundlich und einladend aus. Beinahe wie ein richtiges Zuhause. Knalliger Kugelfisch, fange ich etwa an, Korallenkrone zu mögen?

In dieser Sekunde greift Tay nach meinem Arm und quetscht ihn, als wolle sie Aalpüree daraus machen.

„Au!“

„Schscht, Lani!“ Tays Flüstern klingt zutiefst erschrocken. „Dahinten! Siehst du ihn?“

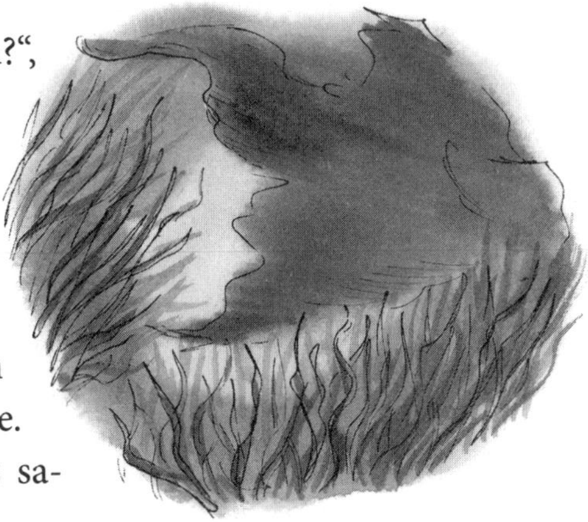

„Wen meinst du?“, wispere ich zurück.

Doch eigentlich weiß ich genau, wen sie meint. Ich habe es sofort begriffen, als ich ihren Griff am Arm spürte. Sie hätte gar nichts sagen brauchen.

Und dann sehe ich ihn selbst. Weit hinten zwischen Felsen schwimmt er. Der Rochen. Oder der Meermann. Dort schwimmt auf jeden Fall das, was wir schon letzte Nacht gesehen haben.

„Er ist wieder hier!“, zischt Tay mir zu.

Ich nicke. Und balle meine Fäuste zusammen. „Schnell, Tay! Runter nach Korallenkrone! Wir müssen die anderen warnen!“

nachts sind alle meermädchen schlau?

Als wir langsam näher an Korallenkrone rankraulen, sehen wir, dass hinter den Fenstern schon Laternenfischlichter brennen. Das bunte Internat leuchtet wie ein verwunschenes Meerschloss.

Während ich noch über die Schönheit des Riffs staune, erklärt Tay mir ihren Schlachtplan: „Los! Die beiden Signoras da vorne quatschen gerade und sind mehr mit sich und ihren Schwanzflossen beschäftigt als mit Aufpassen."

Das stimmt. Ich konzentriere mich schnell auf die beiden Lehrerinnen, die eigentlich den Eingang bewachen sollen. Stattdessen vergleichen sie eifrig ihre langen, schillernden Flossen und achten nicht für fünf Gramm Perlenstaub auf die Tür neben sich.

„Keine hektischen Bewegungen!", mahnt Tay. „Sonst spüren sie den Wellenschlag hinter sich."

Ich werfe ihr einen empörten Blick zu. Sehe ich etwa aus wie eine Anfängerin im Leiseschwimmen?

Ohne Probleme kommen wir unbemerkt ins Haus. (Was ein bisschen beunruhigend ist – denn, wenn wir so leicht reinkommen, wird ein geübter Einbrecher das wohl noch leichter schaffen!) Wir schwimmen schnell den langen, breiten Gang zu den Schlafgrotten hoch und drosseln dann das Tempo. Als uns immer mehr und mehr Meermädchen lachend und fröhlich quatschend entgegenkommen, versuchen Tay und ich, uns einfach unauffällig im Gang rumtreiben zu lassen. So als hätten wir den ganzen Nachmittag und Abend lang nichts anderes gemacht.

Tay geht sogar so weit, ausführlichst die Halskette, die ich von Pap zu meinem siebten Geburtstag geschenkt bekommen habe, zu bewundern. „Nein, dieser Schliff des Bernsteins, Alani! Wo gibt es nur so was? Ob man dazu wohl gut noch zwei Dutzend Perlenkettchen tragen könnte? Und noch ein paar Muschelreifen? So viel Platz wird ja wohl an deinem Hals sein!“

Dazu nestelt sie total übertrieben an meiner Kette rum.

„Tay!“ Ich kichere albern. „Hör auf! Das glaubt dir kein Mensch! Und überhaupt, wenn noch irgendwas anderes an meinen Hals kommt, dann allerhöchstens eine Kette mit Haifischzähnen!“

„Hey, hallo!" Nemone ist unbemerkt herangeschwommen. „Wo wart ihr den ganzen Abend? Ich hab euch überhaupt nicht gesehen!"

Ich wechsle einen Blick mit Tay. Sagen wir's jetzt? Oder sagen wir's lieber nur Miss Manatis, damit keine Panik entsteht? Aber, wenn wir Miss Manatis erzählen, dass wir den Mann gesehen haben, wie erklären wir ihr dann, was wir draußen zu suchen hatten? Schließlich hat sie ganz klar eine Ausgangssperre für alle Internatsmädchen verhängt, solange die Sache nicht geklärt ist. Und welche Strafen mag sie uns dann noch zusätzlich zu den anderen aufbrummen?

Tay scheint genau die gleichen Gedanken in zwei Wellenschlägen durchgespult zu haben.

„Nemone?", sagt sie jetzt ernsthaft und kein bisschen albern mehr. „Kannst du versprechen, etwas für dich zu behalten? Auch wenn es vielleicht … nicht ganz nach den Regeln von Korallenkrone ist?"

Nemone guckt Tay seegrasgerade in die Augen. „Warum willst du mir das dann anvertrauen?"

„Weil es wichtig ist", sagt Tay. „Weil es wichtig für unsere Schlafgrotte ist."

„Ist es?" Nemone schaut etwas verwirrt von Tay zu mir und dann wieder rüber zu Tay. „Wie meinst du das?"

Es dauert nur wenige Sekunden, bis wir ihr das, was sie wissen muss, ins Ohr geflüstert haben. Ihr Gesicht wird erst perlmuttweiß, dann korallenrot, dann schnappt sie nach Luft und dann hält Tay ihr zur Sicherheit den Mund lieber zu.

„Du hast versprochen, nichts zu sagen!"

„Ah-ah!", macht Nemone, als Tay ihre Hand wieder von Nemones Lippen nimmt. Etwa hundert verschreckte Luftblasen blubbern aus ihrem Mund.

Doch zum Glück beruhigt sich Nemone schnell wieder. „Wir müssen Miss Manatis Bescheid geben!"

„Auf gar keinen Fall!", sagt Tay bestimmt und schüttelt ihre kurzen dunklen Locken. (Die Angst, noch mehr schmerzende Strafen zu bekommen, ist ihr anzusehen.)

„Du hast es versprochen!", setzt sie drohend hinzu.

Nemone seufzt aus tiefster Seele. Klar wie Tintenfischbrühe, sehr abenteuerlustig ist sie nicht!

Sie gibt sich allerdings alle Mühe. „Aber den anderen in der Schlafgrotte müssen wir es doch sagen, oder?" Sie sieht Tay und mich flehend an. „Besonders Maris!"

Tay und ich nicken. Klar, das müssen wir natürlich. Sonst wird die arme Maris Meerstern am Ende wirklich noch geraubt.

Als wir die gelbe Tür zu unserer Bernstein-Grotte aufstoßen, sind Blue und Maris schon drinnen und haben es sich gemütlich gemacht. Maris liegt im Bett und fummelt mit irgendwelchen Tinkturen an ihren Schuppen rum und Blue glotzt einen Film auf einem kleinen tragbaren Muschelmonitor, den sie vor sich auf dem Bauch liegen hat.

„Wo wart ihr beim Abendessen?“, grunzt Blue uns zur Begrüßung zu. „Miss Lophelia hat mich nach euch gefragt.“

„Und was hast du gesagt, wo wir sind?“, fragt Tay ziemlich feindselig.

Blue kneift die Augen zusammen und mustert Tay. „Ich hab gesagt, ihr seid drüben in Redriff und knutscht mit ein paar der Jungs rum.“

„Du hast WAS gesagt?“ Tay geht hoch wie eine Meerrakete. „Du hast ja wohl nicht mehr alle Schuppen auf der Flosse! Haben sie dir das Gehirn verwässert, oder was? Du bist ja wohl …“

Blue verzieht ihren Mund zu einem genüsslichen Grinsen und stellt ihren Muschelmonitorfilm aus. Sie lässt Tay in aller Ruhe toben und wildeste Verwünschungen ausstoßen.

Erst als Tay langsam ruhiger wird, weil ihr die Puste ausgeht (nicht etwa die Flüche), kratzt sich Blue am Kopf, tut so, als würde sie schwer nachdenken, und sagt dann sehr, sehr langsam: „Oder hm, warte mal, hab ich ganz vielleicht was anderes gesagt?“

Ich schaue zu Nemone rüber. Die rollt mit den Augen, lächelt aber.

Moment mal! Will Blue uns nur auf die Welle nehmen? Hat sie uns überhaupt nicht angeschwärzt?

Tays Augen werden zu kleinen Pfeilen. „Also, WAS hast du gesagt?“

Blue grinst. „Echt, ich kann mich gar nicht konzentrieren. Könntest du das vielleicht noch etwas netter fragen?“

Man merkt, dass Tay kurz vor der endgültigen Explosion steht. Deshalb versuche ich schnell, die Situation zu retten. „Hey, Blue, eigentlich wollten wir euch was Wasserweltenwichtiges sagen!“

Doch Tay lässt sich nicht ablenken. Sie fixiert Blue unbarmherzig mit den Augen. „WAS hast du gesagt?“

„Sie hat gesagt“, mischt sich Nemone jetzt ein,

„dass ihr irgendwas heute beim Mittagessen nicht vertragen habt und lieber eine Mahlzeit auslassen wollt."

„Echt?", krächzt Tay verblüfft. Sie sieht aus wie ein Wasserballon, aus dem man die Luft rausgelassen hat. „Wirklich?"

„Ja, wirklich, du Stierkopfhai!" Blues Grunzen klingt verächtlich. Sie fängt schon wieder an, an ihrem Monitor rumzufummeln. „Aber das nächste Mal sage ich, dass ihr nach Amerika abgeschwommen seid, um ein paar indianische Meerjungen zu entführen!"

Amerika? Entführen? Wenn Blue wüsste, dass wir wirklich abhauen wollten! Natürlich nicht, um jemanden zu entführen. Aber entführt werden könnte hier bald jemand. Wenn wir den anderen drei in unserer Schlafgrotte nicht allmählich erzählen, was wir gesehen haben!

„Danke." Tay klingt plötzlich wie ein kleines Mädchen.

„Kein Problem." Blues Antwort ist scharf wie die Schneiden eines Sägefischs.

„Wir müssen reden!", mischt sich nun Nemone ein zweites Mal ein. Und das lässt zum Glück sowohl Tay als auch Blue endlich verstummen.

Ein paar Minuten später stehen in Maris

Meersterns Augen Tränen und ihre Lippen zittern. „HILFE! Bitte verlasst mich nicht! Passt auf mich auf!“ Sie klammert sich an Nemone.

„Ist ja gut“, versucht Nemone sie zu trösten, „es ist doch überhaupt nicht sicher, ob dieser Meermann wirklich dich rauben wollte oder will.“

„Aber wen sollte er denn sonst rauben wollen?“, fragt Maris Matschfisch Meerstern empört und hört für diesen Moment glatt mit dem Lippengezittere auf. Sie guckt uns mit hochgezogenen Augenbrauen an, als ob wir anderen alle nur unwichtige kleine Nixen wären.

Blue schüttelt ihre langen schwarz und blau schimmernden Haare und sieht aus, als würde sie Maris am liebsten nicht nur dem Meermann, sondern auch gleich den Haien zum Fraß vorwerfen.

Doch Maris scheint das gar nicht zu bemerken. „Ihr müsst mich beschützen!“

„Natürlich tun wir das!“, versichert Nemone sofort.

„Ihr alle!“, verlangt Maris.

Blue guckt demonstrativ zur Decke und lässt ein paar abschätzige Luftblasen nach oben steigen.

Genau in diesem Moment hören wir ein Geräusch am Fenster. Wie vom Felsschlag getroffen, erstarren wir alle.

Da ist er – oder, besser gesagt, da war er! Der Meermann. Alles, was wir noch sehen, ist sein Körper von hinten und den weiten Umhang, der um ihn herumfließt. Mit ausholenden Bewegungen schwimmt er in die Dunkelheit hinein.

Jetzt zittern nicht nur Maris' Lippen. Auch ihr restlicher Körper vibriert wie Wackelquallen. Und ich muss zugeben, dass es auch mir für einen Moment die Flosse aufgestellt hat. Uff!

„Wo ist er hin?" Tay schießt zum Fenster.

„War er das wirklich?", fragt Blue und ist mit nur einem Flossenschlag neben Tay.

„Ja", haucht Nemone, „das war er. Hundertprozentig."

„Wahaaaaiiiiii", bibbert Maris Matschfisch Meerstern.

„Irgendwie ist dieser Umhang total albern", meint Blue. „Seid ihr sicher, dass der Kerl überhaupt gefährlich ist?"

Immerhin bin ich jetzt sicher, dass er unser Rochen ist. Das, was wir für riesige Seitenflossen hielten, war in Wirklichkeit sein Flattermantel.

Auch Tay macht eine verächtliche Bemerkung. „Ich finde dieses Kostüm auch völlig übertrieben – wir haben doch nicht Karneval!“

Blue schnaubt laut und deutlich. „Also, wenn das hier nur ein Scherzfisch ist, der dorschdummen Meermädchen einen abendlichen Schrecken einjagen will, dann …“

„… dann kann der sich mal warm einwickeln!“, ergänzt Tay.

Die beiden gucken sich das erste Mal beinahe freundlich an. Kein Wunder! Was ihre Frechheit angeht, schwimmen sie offensichtlich genau auf einer Wellenlänge!

„Aber warum sollte uns jemand einen Schrecken einjagen wollen?“, fragt Nemone.

„Möglicherweise ist es sogar jemand, den wir kennen?“, überlegt Blue und zupft sich ein paar schwarzblaue Haarsträhnen aus dem Gesicht.

Tay nickt. Maris heult noch lauter auf. Nemone schüttelt verwirrt den Kopf. Und mir … kommt eine Idee. Hicksender Hering! Eine ganz unglaubliche Idee!

Wem macht nichts auf der Welt mehr Spaß, als anderen Streiche zu spielen? Und wer ist ziemlich gut im Theaterspielen und im Verkleiden? Und wer wäre fischfrech genug, sich auch nachts noch unerlaubt hinauszuschleichen, um arglosen Meermädchen die Schuppen zittern zu lassen?

Ganz genau! Polo und seine Freunde!

„Polo, Jolvo und Sinnakus aus Redriff?“, fragt Nemone.

„Jolvo?“, haucht Maris andächtig und hört sofort auf zu heulen.

(Armer Jolvo! Zu seinem Fanclub gehört offensichtlich auch Maris Matschfisch Meerstern! Laternenfischklar: Von ihm würde sie bestimmt gerne geraubt werden!)

„Du meinst die Rattenfisch-Gang?“, grinst Blue.

Rattenfisch-Gang? Werden Polo und seine beiden Freunde so genannt?

Blue nickt. „Die drei sind berüchtigt!“ Sie kichert. „Nette Jungs!“

Ich lächele zustimmend. Ja, das finde ich auch. Aber eine kleine Lektion haben sie trotzdem verdient. Uns solche Angst zu machen! Und dann auch noch erstaunt und unwissend tun, als wir ihnen davon erzählt haben! Oh Polo, du matschbackiger Seehund!

Obwohl … ja, obwohl mir Polo gleich so verdächtig vorkam. So, als ob er heimlich was vorhätte.

Und das hatte er ja anscheinend auch. Aber

das werden wir ihm und seiner Rattenfisch-Gang heimzahlen!

Tay und ich sind kurz davor, den anderen von unserem Anti-Schimmel-Club zu erzählen. Doch wir können uns zum Glück gerade noch zurückhalten. Schließlich gehören Blue, Nemone und allen voran Maris Matschfisch Meerstern ja auch zu den glitzerigen Schimmelmädchen! Und mit denen wollen wir uns wirklich nicht verbünden!

Aber Spaß macht es trotzdem, als wir jetzt alle zusammen auf Maris' Bett hocken und uns die lustigsten Sachen ausdenken, wie wir die Jungs ordentlich ärgern könnten.

„Ich schwimme raus!", sagt Tay schließlich und ihre Augen leuchten abenteuerlustig.

„Nein, ich!“, widerspricht Blue.

„Ihr schafft es nie unbemerkt nach draußen“, gibt Nemone zu bedenken. „Miss Manatis hat die Wachen für nachts verdreifacht.“

„Wir schwimmen einfach hier durchs Fenster“, schlägt Blue vor. „Das geht nach hinten raus, das sieht keiner.“

„Durch das Fenster? Da kommt ihr nie durch“, meint Maris und taxiert Blues und Tays kräftige Körper von oben bis unten. „Da passe ja nicht mal ich durch.“

Sie streicht sich stolz über ihren seegrasschlanken Fischschwanz.

Es dauert keine drei Wellenschläge, bis alle vier Augenpaare auf mich gerichtet sind.

„Aber Alani würde durchpassen!“

„Ja, ganz sicher!“

Ich grinse. „Na schön! Mach ich doch gerne!“

Und das tue ich wirklich.

Mir fällt der alte Spruch von Mam ein: Nachts sind alle Meermädchen schlau!

Ja, das sind wir! Und ob wir das sind! Die Rattenfisch-Gang wird uns kein zweites Mal so an der Nase herumführen wie heute in Landmenschenkunde!

Ha! Ich freue mich schon auf ihre barschblöden

Gesichter, wenn ich ihnen die Maskierung runterreiße und ihnen die Herde Strandflöhe, die Blue für diese Aktion aus ihrem Privatzoo gespendet hat, unter den Mantel stopfe.

Fröhlich kichernd quetsche ich mich durch die winzige Fensteröffnung, winke den anderen unternehmungslustig zu und mache mich mit kräftigen Flossenschlägen auf den Weg.

die dunkle wahrheit

Uuuuh! Ist ja doch verdammt dunkel hier draußen! Immer wieder gut, dass ich keine Angstkrabbe bin!

Ich halte eine kleine Laternenfischlampe vor mich, die Maris Matschfisch Meerstern mir noch in die Hand gedrückt hat, und leuchte damit so gut es geht in die nächtliche Schwärze des Riffs. Der Griff der Lampe ist mit kleinen Perlen besetzt und das Gehäuse ist mit rosa Perlmuttplättchen bestickt. Wie hübsch! (BÄH!) Aber zum Glück wird mich ja außer der Rattenfisch-Gang kein Mensch mit dem peinlichen Glitzer-Glimmer-Ding sehen.

Hihihi, Rattenfisch-Gang! Passender Name! Ich muss schmunzeln, als ich daran denke, wie wir gerade alle zusammen auf Maris' Bett gesessen und gequatscht und gelacht haben. Sogar Maris. Vielleicht sind die anderen in unserer Bernstein-Schlafgrotte doch nicht allzu übel?

Wo sind denn jetzt die Jungs?

Ups! Mit meinem Licht scheuche ich ein paar Krebse, die sich im Sand zum Schlafen zugedeckt hatten, hoch. Eilig huschen sie am Boden entlang zurück in die Dunkelheit.

Wie ausgestorben liegt das Riff da. Nur wenige nachtaktive Tiere sind noch unterwegs und starren mich mit erstaunt aufgerissenen Augen an, wenn ich sie anleuchte. Was Polo bloß immer für verrückte Ideen hat! Wie wunderbar, dass Tay und ich ihn so schnell kennengelernt haben. Langweilig wird es mit ihm bestimmt nie werden!

Ich wüsste allerdings zu gerne, wie er es anstellen will, dass Tay beim Delfinpolo-Training in Redriff mitmachen kann, ohne dass das jemand merkt! Das kann ja wohl selbst Polo nicht schaffen oder will er Tay unsichtbar machen? Hihihi, was für ein Quallenquark!

Aber vielleicht verrät er es mir ja gleich, wenn ich ihn ganz lieb bitte oder ihm ordentlich viele Sandflöhe unter sein T-Shirt stopfe! Oh flupsiger Flossenschlag, ich kann es kaum abwarten, die Jungs zu treffen! Werden die Augen machen!

Augen! … Mein Herz macht einen kleinen Extrawellenschlag! Denn als ich dieses Wort denke, sehe ich das Himmelblau von heute Nachmittag wieder vor mir. In zwei Augen, die mich seekerzengerade angucken. Ach …

Huch! Muss einen Moment nicht darauf geachtet haben, wo ich hinschwimme. Wogegen bin ich denn nun gestoßen?

Nanu, eine Kutsche? Eine große Meerkutsche? Was macht denn eine Kutsche hier draußen vor dem Riff? Hier führen doch gar keine großen Ströme vorbei?

Komisch … Ich leuchte das Fahrzeug ab. Irgendwie kommt es mir bekannt vor. Hab ich das vielleicht schon mal gesehen? Aber wenn ja, wo?

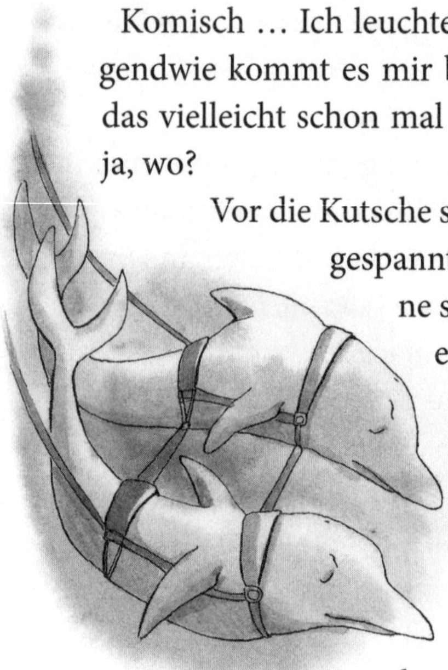

Vor die Kutsche sind zwei Renndelfine gespannt. Dass es Renndelfine sind, kann ich auf den ersten Blick erkennen. Ihre Körper sind länger und schmaler und sie sind so muskelbepackt, dass man förmlich sehen kann, wie sie abzischen können. Wow, meine Meerwelt! Dieses Luxus-Gefährt gehört bestimmt keinem armen Meermenschen!

Ob die Jungs die Kutsche auch schon entdeckt haben?

Ich will mich schon ein wenig verwundert umdrehen, um sie endlich zu suchen, da fährt mir ein Blitz durch den Magen. Ein fischfieser, hummerscherenscharfer, alles plötzlich aufhellender Blitz. Ein Blitz wie eine Warnung! Denn ich weiß plötzlich, wo ich die Kutsche gesehen habe!

Mir verschwimmt alles vor den Augen und eine Sekunde lang fürchte ich, vor Schreck wieder ohnmächtig zu werden. Warum um alles in der Meerwelt steht hier diese Kutsche ...?

Doch ich denke nicht lange weiter. Denn ja, ich erinnere mich, wann ich sie schon einmal gesehen habe. Es war an dem Tag, als Mam und Pap erfahren haben, dass ich in ein Internat soll...

Weg hier! WEG! Das ist alles, was ich denke. Ich will ihm nicht begegnen. Schon gar nicht allein im stockfischdunklen Meer.

Wo sind denn nur die Jungen? POLO! JOLVO! SINNI! Jetzt könnte ich euch echt gut brauchen! Wo versteckt ihr euch bloß?

Und dann schießt mir noch ein weiterer Blitz in den Magen. Als mir nämlich klar wird, dass ich die Jungen hier draußen überhaupt nicht finden werde. Weil sie gar nicht hier sind! Weil sie uns überhaupt keinen Streich gespielt haben! Weil sie vermutlich schon lange glücklich schnarchend in ihren warmen Kojen in Redriff liegen, von singenden Sirenen träumen und keine Ahnung haben, dass ich hier draußen ihre Hilfe benötige!

Ich bemühe mich, ruhig zu atmen. Nicht durchdrehen!, versuche ich mir Paps Worte vorzusagen. Durchdrehen hilft nie.

Es gibt bestimmt eine ganz vernünftige Erklärung dafür, dass hier draußen diese Kutsche steht. Es bedeutet zwar, dass *er* hier irgendwo ist. Aber das muss ja noch nichts Schlimmes heißen.

Ja, bestimmt gibt es keinen Grund, dass mir gerade alle Schuppen am Leib klappern und ich mir mehr als alles andere wünsche, Tay wäre bei mir. Bestimmt ist so eine albern ängstliche Reaktion total übertrieben!

Ah, mein Muschelfon! Das Muschelfon, das Pap mir für alle Fälle mitgegeben hat. Und jetzt *ist* eindeutig so ein Fall! Wo habe ich es denn? Ich fühle mich sicher sofort besser, wenn ich die Stimmen von Tay und den anderen höre.

Hektisch fummele ich in den Taschen meines Rocks herum und … nein! Es liegt auf meiner kleinen Austernkommode neben meinem Bett. Oh, dreimal verranzt-rottiger Rattenfisch!

Egal. Ich werde einfach ganz schnell und zügig wieder zurückschwimmen. Dauert ja schließlich nicht die Ewigkeit.

Ich drehe mich um, knipse meine Laternenfischlampe wieder an und leuchte … direkt in das Gesicht von …

… Joruna Nort!

Grundgütiges Meerwasser! Ich wusste es!

Sein Gesicht ist steinhart. Ich kann keine Regung ausmachen.

„Guten Abend, Alani."

„Guten …" Die Stimme bricht mir weg.

Mein ganzer Körper ist in Alarmbereitschaft. Und sagt mir, dass hier etwas *nicht* gut ist. Ganz und gar nicht gut ist!

„Würdest du bitte einsteigen?"

Würde ich bitte was?

„Ei…einsteigen?", wiederhole ich, ohne wirklich zu begreifen, was gerade passiert.

Joruna Nort nickt. Ohne ein Lächeln. Ohne auch nur eine Wimper zu bewegen. „Ja. Jetzt. BITTE!"

Sein Bitte klingt so hart wie Granit.

Ich bewege mich keinen Millimeter. Nicht dass ich mich nicht bewegen will! Ich würde mich sehr gern bewegen! Oh, ich würde zu gern mit Raketenantrieb von hier wegzischen wie ein Renndelfin beim jährlichen Weltrennen.

Aber ich kann nicht. Ich bin komplett geschockt. Stockfischsteif geschockt. Das scheint Joruna Nort jetzt auch zu begreifen. Er macht eine langsame Bewegung auf mich zu. Wie um mich nicht zu verscheuchen. Aber er fixiert mich mit den Augen wie ein Hai seine Beute.

Und dann packt er mich. In weniger als einem Wellenschlag hat er mich gegriffen, den Schlag der Kutsche aufgerissen, mich hineingeschubst und die Tür von außen verriegelt. Bevor ich weiß, wie mir geschieht, sitzt er schon vorne auf dem Kutschbock und treibt die Renndelfine an.

Und ab rauscht die Kutsche durch die Dunkelheit. So schnell, dass ich durch die winzige Fensteröffnung die Schatten der nächtlichen Meerwelt nur undeutlich vorbeihuschen sehe.

Mein Meerherz! Es war nicht Maris, die entführt werden sollte, sondern ich!

Ich! Ich! Ich!

Warum? Warum nur?

Gerade noch sah alles so viel schöner aus als bei unserer Ankunft im Internat! Wir hatten sogar richtig Spaß in unserer Schlafgrotte. Und Polo hatte eine Idee, wie Tay doch noch unbemerkt beim Delfinpolo-Training mitmachen könnte – auch wenn er uns leider noch nicht verraten hat, wie das gehen soll.

Und jetzt?

Sitze ich hilflos gefangen in einer Kutsche, die mit Renndelfingeschwindigkeit am Meeresboden entlang durch die Dunkelheit zischt. Hilfe, Tay! Hilfe, Mam und Pap!

Was um alles in der Meerwelt hat Joruna Nort mit mir vor?

Alani
Tay
weiteste
Weiten
der Weite
Der Strom
Die Surferinsel
Korallenkrone
hier lang
nach
HAWAII ... 30 Tage
Polo

Maris
Nemone
Felsgebirge
Aquamarina
Finns Höhle
Blue
Café Sandperle
Redriff
hier lang nach Griechenland
2 km
3 Tage
Delfinpolo-Platz
Jolvo
Maltis